JN209831

イギリス
恋愛詞華集

この瞬間(とき)を永遠に

齊藤貴子
〔編著〕

研究社

Copyright©2019 by Takako Saito

Chapter 3
'Gaisford Street' from *The Customs House* by Andrew Motion. Reproduced by permission of Faber and Faber Limited.

Chapter 11
'Annus Mirabilis' from *Collected Poems* by Philip Larkin. Reproduced by permission of The Marvell Press.

Chapter 12
'Her Husband' from *Selected Poems 1957–1981* by Ted Hughes. Reproduced by permission of Faber and Faber Limited.

〈図版出所〉
p. x Andrew Motion ©Antonio Zazueta Olmos / p. xi Philip Larkin, The British Library/ユニフォトプレス / p. xii Ted Hughes, The British Library/ユニフォトプレス / p. 5 ©Victoria and Albert Museum, London / p. 64 Collection of National Museum in Warsaw / p. 203 ©Harvard Art Museums/Fogg Museum, Bequest of Grenville L. Winthrop / p. 204 Dante Gabriel Rossetti "Paolo and Francesca da Rimini" 1867 watercolour, gouache and gum arabic over pencil on 2 sheets of paper 43.7 x 36.1 cm (sheet) National Gallery of Victoria, Melbourne Felton Bequest, 1956 (3266–4) Image courtesy of the National Gallery of Victoria, Melbourne / p. 208 WA2008.18 Dante Gabriel Rossetti, 'Hamlet and Ophelia' Image © Ashmolean Museum, University of Oxford

はじめに

イギリスの詩の歴史は、思うほど古くはない。近代以降に登場した小説と比べればそれなりに古いだけの話であって、歴史の長さはもちろん質量の面でも、ギリシャ・ローマはいうに及ばず、日本の詩歌のほうがよっぽど上かもしれない。

その証拠に、古代ギリシャの悲劇詩人ソフォクレス（Sophocles, c. 497〜406 BC）の『オイディプス王』（*Oedipus Rex*, c. 427 BC）に匹敵する文学は、紀元前のブリテン島には存在しない。あるいは本書出版の令和元年、この新元号「令和」の典拠ともなった我が国最古の歌集、『万葉集』（七世紀後半〜八世紀）にかろうじて比べられるものといったら、古英語で書かれた『ベーオウルフ』（*Beowulf*, c. 975〜c. 1025）くらいのものだろう。

ただしこれは、巨人と竜退治の英雄譚で、いわば神話の性格を持つ壮大な叙事詩。皇族から防人に至るまで、ありとあらゆる人びとがそれぞれの素朴な想いを綴り、男女間の相聞歌（＝恋の歌）まで収録されている『万葉集』に比肩しうる個人の感情の流露としての抒情詩、なかんずく優れた恋愛詩は、残念ながら中世以前のイギリスには見当たらない。わたしたちがイギリスと総じて呼び慣わしているイングランド、スコットランド、ウェールズ、北アイルランドのどこをどう探しても、なかなか見つけられないのである。

しかし、中世以降となれば話はまったく別である。十四世紀イングランドの宮廷に伺候していたジョフリー・チョーサー（Geoffrey Chaucer, c. 1343～1400）の『カンタベリー物語』（*The Canterbury Tales*, c. 1387～1400）や『トロイルスとクリセイデ』（*Troilus and Criseyde*, c. 1380s）を嚆矢として、その後十六世紀ルネサンスに入ったところで、男女間の艶っぽい話や恋愛をモチーフにしたイギリスの詩作品は、文字通り枚挙に暇がなくなる。詳しくは後に続く本文に譲るが、これは多分に「ソネット（Sonnet）」という恋愛専科の詩形式がイタリアから持ち込まれ、流行したためであって、『イギリス恋愛詞華集』たる本書のスタートラインもまた、ごくしぜんの流れとして十六世紀に設けられている。

ゆえに幕開けの第一章は、十六世紀が輩出した文豪シェイクスピアの作ったソネットとなっているわけだが、後の流れは決してクロノロジカルではない。というより、本書を構成するにあたっては、従来の英詩アンソロジーにみられる時系列方式を敢えて採らなかった。

これにはもちろん理由がある。時代順に作品を丁寧に読み継ぎ、ひとつの通史としてイギリス詩ないしイギリス文学の世界を把握することは、広範な視野での鑑賞と研究を可能にする上で絶対に必要かつ重要なことではあるのだが、この方式だといかんせん、近・現代の作品がどうしても後回しになりがち。ひいては時間その他の都合で、まったく触れずに終わってしまうことしばしば。結果、古い時代のことは知っていても、今に近いところとなるとよくわからないという、何だかいびつな知識構造ができ上がってしまうことがままある。

いっぽう、現代詩の好きな人間ほど、古い時代の作品となるとからきし興味が持てないというのも、非常によくある話。何せこの場合、個人の確たる志向性が先に立っているので、こちらで半ば強制的に古い作品との「出会い」の場を設けるなどしなければ、一生かかっても昔の詩など読んではくれない。

これは全部実話であって、かつての自分自身の話であり、これまで一緒に詩を読んできた読書仲間や学生たちの話でもある。その良し悪しはともかく、常道常識や趣味嗜好に囚われし「食わず嫌い」の何と多いことか。

だから自戒も込めて、作品を時系列に並べることは止めにした。代わりに比較的短く、難易度の低いものから始めて次第に長く難しいものへと、途中ところどころ妖しく官能的な作品も交えながら配置してみたつもりである。これはひとえに、可能な限り様々な時代の様々な詩に、そして恋愛という普遍的な主題にまつわる多種多様な表現に出会ってもらって、ひとつひとつ異なるその手触りを飽きることなく存分に楽しんでもらいつつ、階段を一歩一歩のぼるようにイギリス詩への理解と関心を深めてもらえれば……と願ってのこと。つまり、詩の「食わず嫌い」をなくしたい一心からだ。

それでも念のため、本書収録作品を時代順に並べ直せば、

*トマス・ワイアット「狩りをしたいのは一体誰だ」
*ウィリアム・シェイクスピア「君を夏の一日にたとえてみようか」(ソネット18番)
*ベン・ジョンソン「シーリアへ」
*トマス・キャンピオン「貴婦人たちに用はない」
*ジョン・ダン「蚤」
*アンドルー・マーヴェル「恥じらう恋人へ」
*ロチェスター伯爵ジョン・ウィルモット「恋人」
*ジョン・キーツ「輝く星よ」
*マシュー・アーノルド「ドーヴァー海岸」
*ロバート・ブラウニング「女の繰り言」

＊ダンテ・ゲイブリエル・ロセッティ「接吻」
＊ロバート・ブリッジズ「君を行かせはしない」
＊フィリップ・ラーキン「驚異の年」
＊テッド・ヒューズ「彼女のご主人」
＊アンドルー・モーション「ゲイズフォード・ストリート」

ということになる。

改めてこうしてみれば、十六世紀から二十一世紀現代までの、代表的なイギリスの詩と詩人がズラリ勢ぞろい。綺羅星の如くとはこのことで、ページをめくれば、思ったより古くはなくとも、きっと思っていた以上に豊かで美しいイギリスの詩の世界が、わたしたちを待っている。

イギリス恋愛詞華集　～この瞬間(とき)を永遠に～

目次

Andrew Marvell

Andrew Motion

目次

John Wilmot,
2nd Earl of Rochester

Philip Larkin

Robert Bridges

Dante Gabriel Rossetti

Matthew Arnold

Ted Hughes

1

ウィリアム・シェイクスピア

君を夏の一日にたとえてみようか
(ソネット18番)

Sonnet 18

by William Shakespeare

Shall I compare thee to a summer's day?
Thou art more lovely and more temperate:
Rough winds do shake the darling buds of May,
And summer's lease hath all too short a date:
Sometime too hot the eye of heaven shines,
And often is his gold complexion dimm'd;
And every fair from fair sometime declines,
By chance, or nature's changing course, untrimm'd;
But thy eternal summer shall not fade
Nor lose possession of that fair thou ow'st;
Nor shall Death brag thou wander'st in his shade,
When in eternal lines to time thou grow'st;
So long as men can breathe or eyes can see,
So long lives this, and this gives life to thee.

君を夏の一日にたとえてみようか

君を夏の一日にたとえてみようか。
君はもっと　愛らしく　穏やかだ。
激しい風は　五月の愛らしい蕾を揺らし、
夏は　疾（と）く　過ぎてゆく。
天の陽（ひ）は　時にひどく照り輝いては、
その黄金の　顔（かんばせ）を　曇らせて、
美しきものは　自然の移ろいのままに、
ふと　衰え　朽ちてゆく。
でも　君の永遠の夏は　色あせない、
その美しさが　失われることはない、
死ですら　君が己の影を踏むことを誇れやしない、

君は　永遠の詩歌の中に生きている、
人の息が続くかぎり、その目が見えるかぎり、
この詩は生き続けて、君に生命を与え続ける。

＊　＊　＊　＊　＊

■恋に落ちたシェイクスピア

イギリスが世界に誇る劇作家ウィリアム・シェイクスピア（William Shakespeare, 1564～1616）が実は詩人だというのは、誰も敢えていわないだけで、常識だ。

その「詩人」シェイクスピアの代表作が、ソネットと呼ばれる十四行の定型詩である本作、「ソネット十八番」（"Sonnet 18"）なのだが、一読してわかる通り、これはまぎれもない恋の歌。「君を夏の一日にたとえてみようか／君はもっと愛らしく穏やかだ」という出だしに顕著なように、相手を素晴らしい何かにたとえ、とにかく褒めちぎるのは、いってみれば恋愛の基本中の基本だろう。

よほど険悪な間柄であるとか、ひどく性格がねじけてでもいないかぎり、他人から何やかやと

褒められて嫌な気持ちになる人はまずいない。また、たとえ気のない相手でも、褒められているうちに何だか気になってくるのが人情というもの。だからこの書き出しひとつで、詩人が恋をしていて、これから熱い恋心を訴えようとしているのだということは、よくわかる。

■薔薇の貴公子

その恋が果たしてフィクションなのか現実なのか、現実だとすれば相手は一体誰なのか。これには諸説あって、つまるところ一切謎だ。[1] 日進月歩の研究によって、具体的な住所や交遊関係等が徐々に解明されてきているとはいえ、シェイクスピア自身の伝記的事実の多くが未だ謎に包まれているのだから、仕方ないといえば仕方ない。

図1　《薔薇の茂みの若者》
ニコラス・ヒリアード（ヴィクトリア＆アルバート博物館蔵）

最有力候補は『ソネット集』（*The Sonnets*, 1609）のソネット「一番」から「十七番」に登場し、その後も「百二十六番」まで頻繁に言及される「美しい若者（Fair Youth）」だろうが、そうなると妻のいたシェイクスピアは両刀使いで、ここでの恋愛対象は男ということになる。

相手が男性、それも美男となれば、具体的なイメージとしては、ヴィクトリア&アルバート博物館の至宝のひとつで、シェイクスピアと同時代の画家ニコラス・ヒリアード（Nicholas Hilliard, c. 1547～1619）の手による傑作《薔薇の茂みの若者》（*Young Man among Roses*, c. 1585～95）（図1）のような美麗な貴族の姿が思い浮かぶ。

この絵のモデルは時の女王エリザベス一世（Elizabeth I, 1533～1603）の最晩年の愛人エセックス伯爵（Robert Devereux, 2nd Earl of Essex, 1565～1601）だとする説が有力だが[2]、画中のすらりとした長い脚と整った憂い顔は、実際に男女を問わず誰をも虜にした当時の理想的貴公子像といって差し支えない。

■W・H氏の肖像

しかし美青年というのはあくまでイメージ。詩人の恋の対象として特定可能な具体的個人としては、詩集の冒頭で「献辞」を捧げられている「W・H」なる人物が挙げられる。

なるほど十六世紀の昔、一般的に献辞献呈の対象者となったのは作家のパトロン、すなわち王侯貴族たちだ。しかし、シェイクスピアの才能を高く評価していた当時の貴族たちの中に、名前のイニシャルがWとHの組み合わせとなる者は二人、ペンブルック伯爵（**W**illiam **H**erbert, 3rd Earl of Pembroke, 1580～1630）とサウサンプトン伯爵（**H**enry **W**riothesley, 3rd Earl of Southampton, 1573～1624）がいて、結局どっちつかずで謎は深まるばかり。(3) 一向に答えは出ない。

そもそも文学は、絵画や彫刻、写真とは違う。対象の具体的特定ないしモデル探しは、基本的に個人の存在の記録である絵画（＝肖像画）や写真の場合のように一義的な問題とはならないし、なりえない。

ゆえにここで注目し、じっくりと考え、理解に努めるべきは、詩人の恋人がどこの誰かではなく、詩人の恋がどんな恋であるのか。つまり、あくまで恋そのもののありようだ。

■英国の夏

まず、春夏秋冬の中でも恋を語るのに「夏」という比喩が用いられているのは、イギリスならでは。まるで一年中フィルターがかかったような、ぼんやりとした薄曇りの気候の続くヨーロッパの北の島国で、何より嬉しくありがたいのは、明るい季節の訪れと燦々（さんさん）と降りそそぐ陽光である。地球全体の温暖化甚だしい今日ではあるけれど、イギリスの夏は依然として湿潤極まる日本よりははるかに凌ぎやすく、夕暮れから宵にかけてなど吹く風が肌に心地よくて、すこぶる過ごしやすい。だから、イギリスの詩人が恋人を夏にたとえるというのは、のっけから無条件に最高の栄誉を与え、恭しく誉めそやしているに等しい。

けれど、「夏は疾く過ぎてゆく」——。一年で一番良い季節、人生の嬉しく楽しい時間は常に早く過ぎゆくもので、いつも後で独り取り残されたような気持ちになる。あるいはイギリスの心地よい夏にも、日本並みに暑く不快な日はあるわけで、そうした「自然の移ろい」の中で、わたしたちの若さや美しさもいずれ必ず「衰え」、失われてゆく。

そう、誰だって年を取る。愛も恋も含めて何から何まで、この世にいつまでも変わらぬものなどありはしない。

なのに、「君の永遠の夏は色あせない」と詩人は豪語する。「その美しさが失われることはない」とまで断言する。

■永遠の詩歌

なぜ、そんなふうに大胆に、自信たっぷりにいい切れるのか。このくだりでのシェイクスピアの揺るぎなさはもはや怖いほどで、正直、もしも普通の男にこんなことをいわれたら、後から何か無心でもされるのかと身構えるか、無責任にも程があると、怒るか笑うしかない。でも、この詩を書いたシェイクスピアは普通の男ではなく、詩人だ。だから彼は真面目に、それも大真面目に、「永遠」という言葉を最後の最後で、厳かに持ち出すのである。

君は　永遠の詩歌の中に生きている、
　人の息が続くかぎり、その目が見えるかぎり、
　この詩は生き続けて、君に生命を与え続ける。

この世に絶対的な「永遠」はない。現実の「君」はやがて年老いて色あせてゆくだろう。それに、終わりのない恋はない。けれど、わたしたちが死してなお続き、残るもの——それを永遠と呼べるなら、永遠は確かにこの世に存在する。少なくともそれこそが、詩人という美の世界の住人の信じる「永遠」だ。一篇の詩となることによって一度の恋すら、「人の息が続くかぎり」「生き続け」、終わりのない永遠の恋へと生まれ変わる。

ゆうに四百年の時を超えて生き続け、読み継がれてきたこの詩に出会った後でなら、ちょっと騙されたつもりで気楽に、いや素直に信じてみるのも悪くない。

この世に「永遠」はなくはない、と。

注

（1）シェイクスピアのソネットにおける登場人物の如何については Katherine Duncan-Jones, *Shakespeare's Sonnets*, Bloomsbury Arden, 2010; Alfred Leslie Rowse, *Shakespeare The Man*, Macmilan, 1973; Edward Hubler, *Shakespeare's Songs and Poems*, McGraw-Hill, 1964. 等を参照。

（2）《薔薇の茂みの若者》のモデルの人物特定については、Roy Strong, *Artists of the Tudor Court: The Portrait Miniature Rediscovered 1520–1620*, Victoria & Albert Museum, 1983, pp. 156–157 に詳しい。

（3）この問題については Colin Burrow ed., *The Oxford Shakespeare: The Complete Sonnets and Poems*, Oxford University Press, 2002, p. 98 や Samuel Schoenbaum, *Shakespeare's Lives*, Oxford University Press, 1991, p. 566 等を参照。

2

ジョン・キーツ

輝く星よ

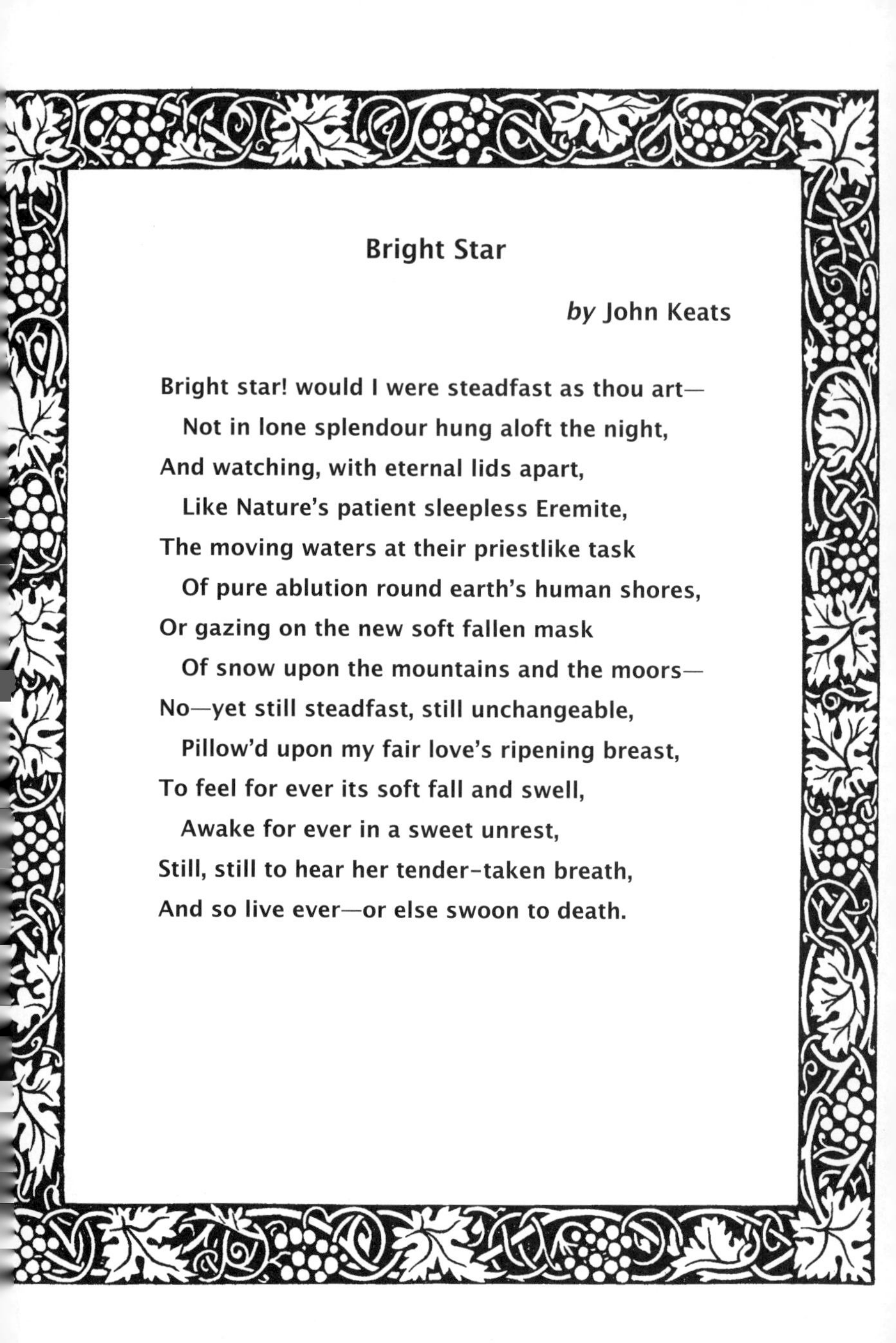

Bright Star

by John Keats

Bright star! would I were steadfast as thou art—
  Not in lone splendour hung aloft the night,
And watching, with eternal lids apart,
  Like Nature's patient sleepless Eremite,
The moving waters at their priestlike task
  Of pure ablution round earth's human shores,
Or gazing on the new soft fallen mask
  Of snow upon the mountains and the moors—
No—yet still steadfast, still unchangeable,
  Pillow'd upon my fair love's ripening breast,
To feel for ever its soft fall and swell,
  Awake for ever in a sweet unrest,
Still, still to hear her tender-taken breath,
And so live ever—or else swoon to death.

輝く星よ

輝く星よ、おまえのようにずっとこうしていられたら——
夜空高くに　ひとり寂しく　瞬くでもなく
ひたすらに祈りを捧ぐ　眠りを忘れた
隠者のように　瞼見開き、
この世の岸辺を　清らかに洗い清める
司祭の仕草で　大海原を見つめるでもなく、
山と荒れ野を　柔らかに覆いつくす
降り積もったばかりの雪を　見守るでもなく
そうじゃなく——もっと　じっと動かぬままで、
美しい恋人の　ふっくらとした胸に頬を埋めて、
その柔らかな隆起(ふくらみ)を　永遠に感じながら
甘い不安の中　いつまでも目覚めていたい、

もっと、ずっと　彼女の優しい息遣いを聞きながら
生きていたい――さもなくば　すぐさまの死を。

＊　＊　＊　＊　＊

■夭折の詩人キーツの恋

「輝く星よ」は、十九世紀の詩人ジョン・キーツ（John Keats, 1795～1821）の最もよく知られた短詩のひとつで、原語表記すればBright Starとシンプルそのもの。これは彼が二十五歳の若さで肺結核により亡くなるまでの生涯を描いた伝記的映画（『ブライト・スター～いちばん美しい恋の詩（うた）～』二〇〇九年公開）のタイトルにもそのまま用いられており、キーツという詩人を語る上でも、また「恋の詩」というものを語る上でも、欠かすことのできない作品といっていい。少なくとも、一人の詩人にとっての「恋」の現実とイメージが、わずか十四行の詩行の中でこうまで縦横無尽に溢れ交錯している例も珍しい。

実際、中身を読むより先に行数を数えてみればわかるように、「輝く星よ」は先に紹介したシェイクスピアの「君を夏の一日にたとえてみようか」同様、ソネットと呼ばれるヨーロッパでは伝

統的な十四行の定型詩である。中世のイタリアで編み出され、ダンテ（Dante Alighieri, 1265〜1321）やペトラルカ（Francesco Petrarca, 1304〜74）など錚々たる詩聖が主として女性への愛を謳うために競い合うように連作したのがソネットであり、以来今日まで、多少の変化や例外はあっても、ソネットといえばやはり恋愛がテーマ。誰もが認める、昔ながらの恋の詩である。

したがって、夜空に燦然と輝き揺らぐことのない一つ星に恋心を託し、自分もあの星のように「ずっとこうしていられたら」と歌い出して、このまま恋人の胸に抱かれて「いつまでも目覚めていたい」と、あくまで断ちがたい恋慕の情が綴られてゆく「輝く星よ」は、ソネットの保守本流に位置づけられる作品といっていい。その詩の冒頭で夜空の星によって示されていた空間における不動性が、読み進めるにつれて「ずっと」「いつまでも」という時間における永遠性をも帯同しはじめる一連の流れるような手さばき、イメージの膨らませ方は洗練されていて、見事の一言に尽きる。

■シェイクスピア風のソネット

ただしソネットの保守本流とはいっても、「輝く星よ」は、形の上では元々の発祥地であるイタリア風のソネットではなく、十六世紀にシェイクスピアが好んで用いたことからその名も「シェイクスピア風ソネット（Shakespearean sonnet）」として知られるイギリス独特の詩形になっている。これは内容的には四行・四行・四行・二行と分かれて、いわゆる「起・承・転・結」を構成し、一行毎に韻を踏む四行連が三回繰り返され、最後の二行だけが連続して同じ音で終わる押韻法（abab／cdcd／efef／gg）を最大の特徴とする。

要は初めに型ありき。さらに、一行内で「弱・強」のリズムパターンを五回繰り返す「弱強五歩格（Iambic Pentameter）」の韻律法まで存在する英語のソネットは、ある意味ある面、日本の三十一文字の短歌や五七五の俳句以上に、かなりの制約の中で書くことを強いられるなかなかの難物だ。少なくとも上級者向けであって、そうおいそれと量産できるものではない。

その点、『ソネット集』で百五十四篇ものソネット連作を行っているシェイクスピアは、やはり詩人としても相当の手練れであったというべきだろうし、わずか二十五年の生涯で六十七篇のソネットを残したキーツにも、それに準ずるソネット巧者としての位置づけをすべきだろう。事実、「シェイクスピア風ソネット」で書かれた「輝く星よ」では、徹頭徹尾シェイクスピア風の身悶える恋が謳われているのである。

■恋人への切なる呼びかけ

まず、最初の四行における「輝く星」と「眠りを忘れた／隠者」の比喩、そして次の四行に登場する「大海原」と「降り積もったばかりの雪」のイメージは、どれもすこぶる具体的だ。それはおそらく、この八行が詩人の想像力のみならず、自意識ないし実体験から生み出されたものだからだろう。

というのも、そもそもこの詩は、キーツの恋人で、事実上の婚約状態にあったファニー・ブローン（Fanny Brawne, 1800~65）という女性に捧げられている。だから種明かしをすると、冒頭の「輝く星よ」という呼びかけそれ自体が、実はいわゆるダブル・ミーニング。つまり二重の比喩になっており、恋人ファニーその人を意味するのと同時に、詩人自身の彼女に対する揺るぎない思いの象徴として機能しているというわけだ。

その揺るぎなさをさらに強調するのが、「眠りを忘れた／隠者」の譬えだ。ここで提示された不眠＝眠らない、もしくは眠りたくないという意思表示は、九行目以降の詩の後半部分までずっと尾を引いていて、十二行目の「甘い不安の中いつまでも目覚めていたい」へとつながってゆく。つまり、「眠りを忘れた／隠者」の比喩は永続性ないし永遠性の示唆に他ならず、恋の「甘い不安」という現状の断絶を恐れるあまり、詩人はむしろその中に留まり「いつまでも目覚めていたい」のである。これは恋するキーツ自身の切実な本音であると同時に、不安や困難にいたずらに抗うよりは、その渦中にじっと静かに留まり時を待つ「消極的受容（Negative Capability）」の精神哲学を唱えていた彼ならではの、この恋を終わりにしたくない、終わらせないという強烈なメッセージ、独特な詩的表現でもある。

ここで改めてよく考えてみるべきは、もしも本当に、永遠に目覚めたままでいられるとして、詩人が真実その目で見たいのは一体何なのかということだ。それは果たして、詩の前半に登場するどこまでも続く「大海原」や、辺り一面を覆う「降り積もったばかりの雪」なのだろうか。

今さらいうまでもなく、海や雪は人間が想像しうる無限に広がる大自然の代表例。ゆえにこの詩に限らず、古今東西のありとあらゆる詩作品には海と雪が頻出するし、「輝く星よ」に雪のイメージが登場するのは、詩人が実際にロンドンに降り積もった大雪を目の当たりにした（それが印象に残るほど意外にもロンドンというところは雪が少ない）からだというのが通説でもある。[1]

けれど、詩人が不眠の隠者よろしく永遠に「瞼見開き」見ていたいもの、その結果として真に心から伝えたいものは、そんなふうに現実に易々と目の前に横たわっていて誰の瞳にも映る景色や、他人様の手垢がたっぷりついた通り一遍のイメージなどではないはずだ。だからこそ、詩の転回部である九行目は、話の向きをくるりと変える「そうじゃなく」の一言、No—から始まっているのだろう。

だとすれば、実際のところ「そうじゃなく」てどうなのか。詩人がいつまでも見て感じていたいものは何なのか。

それは「美しい恋人」、ただそれだけだ。

――僕は健康な時に、彼女（＝ファニー）を自分のものにしておくべきだった。

持病の肺の病が悪化し、空気の悪いロンドンからイタリアへの転地療養を余儀なくされたキーツは、同地で亡くなる死の三ヶ月ほど前、友人への手紙（一八二〇年十一月一日付チャールズ・ブラウン宛）で生々しくこう打ちあけている。加えて、「僕は死ぬことには耐えられるが、彼女と離れることには耐えられない」とも続けている。[2]

■時よ止まれ

これと全く同じことを、彼は「輝く星よ」においても吐露しているのである。詩の転回部の十行目から十一行目、「恋人のふっくらとした胸に頬を埋めて」「その柔らかな隆起を永遠に感じ」ていたいというくだりには、詩人というより、まずは一人の恋する男の率直な欲望を汲み取るべきだろう。キーツ自身とファニーとの間に実際の性的関係はなかった（からこそ先の手紙が存在する）し、健康を害した彼が心底悔やんでいたのがそのことだったとすれば、詩人にとって恋の継続は性の成就、そしてそれを含む生の持続ともはや同義。詩の結論部である最後の二連、「もっと、ずっと彼女の優しい息遣いを聞きながら／生きていたい」のに、それが叶わぬならいっそ「すぐさまの死を」という、ゼロか百かみたいな極端で性急なクロージングも納得だ。

実は、この詩の初稿は詩人の病状がまだひどく悪化する以前に書かれており、[3] ここに紹介している決定稿ないし第二稿はイタリアへの旅の船上、キーツが持参していたシェイクスピアの物語詩『恋人の嘆き』(*A Lover's Complaint*)の扉ページに、みずから再び書き込んだものといわれている。[4] 初稿と第二稿との間には、接続詞など部分的な違いは幾つかあるが、内容面での本質的な齟齬はなく、[5] 大きな違いがあるとすればそれは詩人の置かれていた状況だ。この時、キーツは雪の降るロンドンにはおらず、来る日も来る日も文字通り「大海原」を揺られ、最愛の女性と別離を強いられていたのである。

死と別離のうっすらとした予感が動かしがたい現実に変わろうかという時に、キーツが敢えて再びこの詩を書いた理由は、どう考えてもただひとつ。

「もっと」早く彼女を抱いておくべきだった、「ずっと」彼女を感じながら生きていたかったという恋人への断ち切れぬ未練。残された命のありったけを捧げ尽くしてもまだ足りない、この世で最後の恋ゆえである。

「輝く星」のように時よ止まれ。叶うわけのない願いを叶えたくて、キーツはこの詩を書いた。シェイクスピアもそうだけれど、恋する詩人——というより、神様からとびきりの才能を与えられた男は皆、「永遠」を求めてやまないものらしい。

注

（1）「輝く星よ」における現実の降雪の及ぼした影響については、初稿が執筆されたと推定される一八一九年当時の気象記録に基づいた出口保夫の詳細な検証、『キーツとその時代』下巻二三〇頁（中央公論社、一九九七年）が参考になる。

（2）'I should have had her when I was in health'; 'I can bear to die — I cannot bear to leave her.'

（3）初稿の執筆時期については、一八一九年の何月かで識者の見解にかなりの相違がみられる。詳しくは Andrew Motion, *Keats: A Biography*, Faber and Faber, 1997, p. 472; Robert Gittings, *John Keats*, Heineman, 1969, p. 415; Walter Jackson Bate, *John Keats*, Harvard University Press, 1963, p. 168. 等を参照。

（4）詩人のイタリア行きに同行した友人の画家ジョゼフ・セヴァーン（Joseph Severn, 1793～1879）がそう主張している。詳しくは William Sharp, *The Life and Letters of Joseph Severn*, Sampson Low, Marston, 1892, p. 54.

（5） 初稿と第二稿（決定稿）における最も大きな相違点は次の三か所。十一行目冒頭の 'To touch' → 'To feel', 十三行目冒頭の 'To hear' → 'Still, still to hear', そして最終行冒頭の 'Half passionless' → 'And so live ever' への変更であって、いずれも鬼気迫る雰囲気が増している。

3

アンドルー・モーション

◆◆◆◆◆◆◆◆◆◆◆◆◆◆◆◆◆◆◆◆◆◆◆◆

ゲイズフォード・ストリート

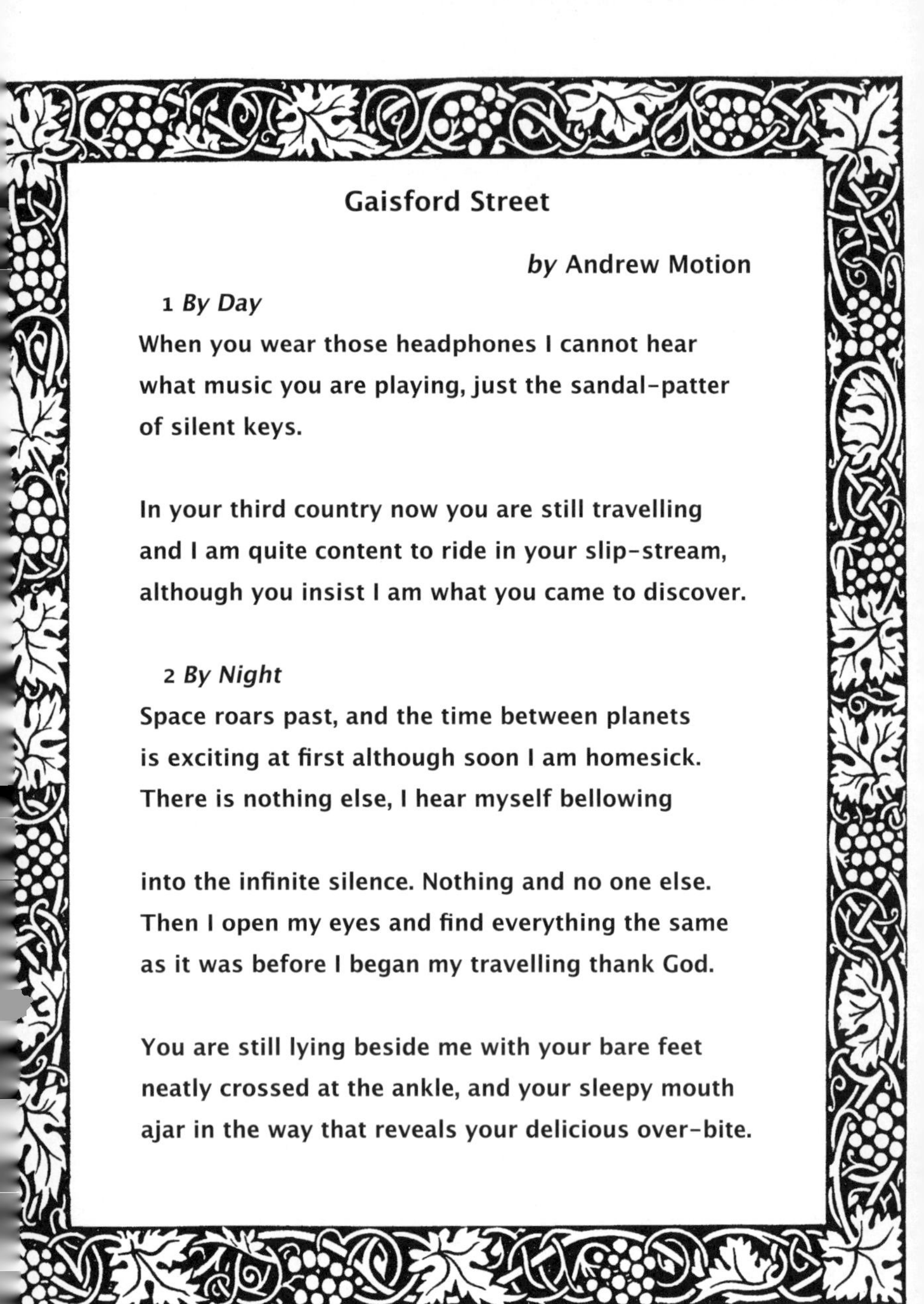

Gaisford Street

by Andrew Motion

1 *By Day*

When you wear those headphones I cannot hear
what music you are playing, just the sandal-patter
of silent keys.

In your third country now you are still travelling
and I am quite content to ride in your slip-stream,
although you insist I am what you came to discover.

2 *By Night*

Space roars past, and the time between planets
is exciting at first although soon I am homesick.
There is nothing else, I hear myself bellowing

into the infinite silence. Nothing and no one else.
Then I open my eyes and find everything the same
as it was before I began my travelling thank God.

You are still lying beside me with your bare feet
neatly crossed at the ankle, and your sleepy mouth
ajar in the way that reveals your delicious over-bite.

ゲイズフォード・ストリート

I　昼には

君がヘッドフォンをしていると　どんな曲を弾いているのか
わからない、サイレント・キーがパタパタと
音を立てるだけ。

三番目の国で　君は今もまだ旅の途中
君のスリップストリームについていければ　僕は満足、
君は　僕を見つけるためにやって来たと言うけれど。

II　夜には
宇宙(そら)の轟音が過ぎ去り、惑星(ほし)と惑星(ほし)のあいだの時間に

初めは心躍っても　すぐにホームシックになる。
他には何もなくて、無限の沈黙にむかって

咆哮する自分の声だけが聞こえる。何もなくて誰もいない。
そこで目を開けると　すべてが旅を始める前と
全く同じで　助かった。

君はまだ隣で寝ていて　むき出しの素足は
足首のところで綺麗に交差(クロス)しているけれど、
眠たげな口唇は　可愛い前歯を見せびらかすようにパックリと開いている。

＊　＊　＊　＊　＊

■眼前の幸福を謳う詩人

ただ傍にいることの幸福。一緒にいられるだけで何だか幸せという、冬の陽だまりみたいに穏やかで柔らかなあの感覚――。それがひたひたと胸を満たすとき、言葉はいつも無力で、何かいおうとしても結局何もいえなくなってしまう。まだ他人同士の頃、コーヒーカップ片手にテーブル越しに向かい合っているほうが男と女はよっぽど雄弁。躰を寄せ合うたびごとに慣れて練れて、あんまり居心地が良くなりすぎると、うっかり居眠りするみたいに語るべき言葉を見失っては、ほんの少し途方に暮れる。

しかし、そんなふうに途方に暮れながらも、目の前にある幸せを確実に言葉にできる人がいる。それが現代イギリスを代表する詩人の一人、アンドルー・モーション（Andrew Motion, 1952～）。なかでも詩集『カスタム・ハウス』（*The Customs House*, 2012）に収められている「ゲイズフォード・ストリート」（"Gaisford Street"）は、短いながらも徹頭徹尾、愛することのささやかな幸福に満ちあふれた作品だ。

■モーションの瀟洒な住まい

詩のタイトルとなっているのは、創作当時に詩人が実際に居を構えていたロンドン北西部ケンティッシュ・タウンの一角を占める住宅地。つまりは実在の地名である。ここは若者や観光客が集まるマーケットで有名なカムデン・タウンにもほど近く、国から自然保護区域に指定されている広大な公園ハムステッド・ヒースも徒歩圏内。おまけにロンドン中心部に出るのも地下鉄で二十分とかからないことから、「住みたい街」として近年とみに人気の出てきたエリアでもある。なので、タイトルを見た段階ですでに、本作がちょっと洒落た感じの、プライベート感あふれる作品との察しがつく。

■妻への優しい眼差し

実際、「昼には」と題された前半部は、まずモーション夫妻の何気ない日常の一コマから始まっている。「君がヘッドフォンをしていると……」というのは、現代のカップルなら誰もがどこかで見たことのある、もしくは身に覚えのある風景で、互いに同じ部屋で同じ時間を過ごしていながら別のことをしている状況にほかならない。それでも、詩人の視界には、妻の姿がしっかりと捉えられている。

わたしたちは「見えない」ことで不安を抱き、「見える」ことで安心しがちな生き物だから、詩人の言葉にも一抹の寂しさは感じられるが、いわゆる不安や不満の響きはまるでない。むしろ何をしようと、何を考えていようと君の自由。そして君をこうして見つめているのも僕の自由――。そういわんばかりの良い意味で落ち着き払った、ひたすら見守る愛があるばかりだ。

落ち着いた、優しい愛の気配が詩の前半部に漂っている理由は明らかで、まず作者モーションが妻よりかなり年上であり、この夫婦に父と娘ほどの年齢の開きがあることが大きい。ついでに付け加えればモーション夫人は韓国の出身で、二人の結婚は異なる文化を背景に持つ者同士の結びつきでもある。(1) こういう場合、まずは互いの相違を前提に鷹揚に構えるのが肝要ではあるのだろうし、そもそも本作が収められている詩集扉部分の妻に捧げられている献辞には、「僕の心は東にあって、僕の手が西でこれを書く (my heart in the east, my west hand writing this.)」とある。つまりモーションは、詩的インスピレーションの源となった東洋人の妻の存在そのものに心から感謝していて、すでに彼女の全てをあるがまま受容しているのだろう。

■円熟の表現

ただし、「昼には」の後半三行に示されているものは、単なる年上の夫の鷹揚さや寛容さとはちょっと違う。それはもっとデリケートで、それでいてストレートな何か。「君のスリップストリームについていけれれば僕は満足」。この一節の響きそのまま、とても素朴で、揺るぎない何かだ。

スリップストリームというのは、高速で飛ばす前走車の後にぴたりと張り付き、空気抵抗を最小限に抑えて走るドライビングテクニック。カーレースで前の車について離れない後続車に自らをなぞらえ、どこに行こうと君の後についていければそれでいいと語る詩人は、父親どころか完全に青年の趣。「君は僕を見つけるためにやって来たと言うけれど」、君と一緒にいられるだけで僕は「満足」という彼は明らかに、自分のほうがより多く相手を愛していると自覚している。そして、より多く愛したほうが負けなのだとも自覚していて、どっちがどっちを先に見つけたかという、恋愛が成就した後ならではの堂々巡りの幸福な議論をしながらその実、あくまで自分がスリップストリームでついていくといっている……。

これはもう、心が跪いているのだ。いつでもどこでも後からお供させていただきますよ、といった微笑ましさで、君を見失わなければそれでいいと、胸の奥できっぱり思い定めているのである。

愛しているという強い意志を、ああだこうだと大げさでなく、微笑みまじりでさらりと告げる。これは決して誰にでもできることではなく、スリップストリームの譬えを持ち出すなど現代的で洒落たセンスの持ち主で、なおかつある程度の年季と場数を重ねた人間でなければ、とてもできない芸当だ。事実、この世で君と結ばれないならいっそ死を！　と絶唱して終わる前章の「輝く星よ」を振り返ってみればわかるように、二十五歳でこの世を去った十九世紀のキーツにはちょっとできなかったことかもしれず、余計なことながら、モーションの結婚はこれが三度目。そして本作は彼が五十代の時に書かれたものである。

■文学研究者として

モーションは詩作以外にも伝記や小説の世界で旺盛な創作活動を繰り広げており、実は二十世紀末におけるキーツの決定的評伝（*Keats: A Biography*,1997）の作者でもある。その批評手法は手堅く、そして時に手厳しい。たとえば、「輝く星よ」に関しては確かに偉大な作品であるとは認めながら、後半六行でのキーツ自身の生々しく激しい恋情の吐露が、超然と輝く「星」のモチーフで引き締められていた詩の全体構造をかえって一部崩してしまっているというのがモーションの見立てである。[2]これは同じ詩人、みずからも実作者ならではの鋭く冷静な指摘であり、その冷静さでもって内外の従来研究のようにキーツを「美の詩人」として称揚するのを意図的に手控え、主として彼の実生活における経済事情や政治的コミットメント等の地味な現実を事細かに綴り合わせることで、可能なかぎり「人間」キーツを炙り出そうとしたのがモーションの評伝『キーツ』にほかならない。

したがって、この評伝における彼の眼差しは、基本的に「日常」というものに向けられていたといっていい。それは本来、作家や研究者である以前に、詩人としてのモーションがいついかなる時も決して忘れることのない基本姿勢なのであって、彼がいわば「日常性の文学者」であることに異論を差しはさむ余地は、もはやどこからどう見てもないように思う。

■桂冠詩人の役割

というのも、モーションといえばイギリスの先々代の「桂冠詩人（Poet Laureate）」。これは王室から年金を下賜され、国家的行事に際し記念の詩を詠むのが役目の、十七世紀の昔から続く非常に由緒ある役職だ。従来終身制だったのがミレニアムを機に任期十年となり、一九九九年から二〇〇九年までモーションが務めた後は、女性として史上初めてキャロル・アン・ダフィー（Carol Ann Duffy, 1955〜）が、そして二〇一九年五月からはサイモン・アーミテージ（Simon Armitage,

1963〜）がその任にあるけれど、十九世紀にやはり同職に就いていたウィリアム・ワーズワス（William Wordsworth, 1770〜1850）然り、アルフレッド・テニスン（Alfred Tennyson, 1809〜92）然りで、桂冠詩人に任命されることが「国内最高の詩人」のひとつの証であることに変わりはない。

それは同時に、昔風にいえば「廷臣」の列に連なり、王室の慶弔の諸々を詩にする一種の貴族的義務を負うということでもある。そして、それ以外は特段することもない事実上の名誉職に甘んじることをも、伝統的に意味してきた。

が、「廷臣」であることをやんわりと拒絶したのが、第十九代桂冠詩人のモーションだ。二〇〇九年、同職を辞するにあたって『ガーディアン』（*The Guardian*）紙に寄稿した手記（二〇〇九年三月二十一日付）の中で、彼は桂冠詩人の歴史ある役職を「廷臣的」役割から解き放ち、真に「国民的」なものへと進化させることが就任当初からのみずからの考えであったと明かしている。そして、彼の考える「国民的」詩歌すなわちNational Poemとは、日々の生活や時事的問題に即した誰もが共感しうる詩にほかならないと、はっきり明言したのである(3)。

■詩人の帰る場所

桂冠詩人を辞した後の作品である「ゲイズフォード・ストリート」でも、彼はごく当たり前のこととして、夫婦の何気ない日常を謳うことから始めている。そうして自分たちを偽ることも飾ることもしないのは、初めから誰一人として読む者を拒むつもりがないからだ。

本当にそうだ。モーションは己を飾り立てたり、隠そうとしない。「夜には」と題された詩の第二部、「宇宙の轟音が過ぎ去り……」の唐突な出だしは一見、前の「昼には」とは一八〇度異なる非日常的な展開ではある。けれどこれは十中八九、「昼」の日常性との対比を際立たせる表現上の仕掛け。そしてそれ以上に、「詩人」としてのモーションの日常、すなわちその恒常的精神風景であることに気づくべきだ。

書くということ。特に無から有を生み出す詩作という名の創作は、自意識のとても深いところに、たった独りでどこまでも降りてゆくことに等しい。その「何もなくて誰もいない」場所ではいつだって、「無限の沈黙にむかって／咆哮する自分の声だけが聞こえる」のみである。これは書く人間の、詩人の日常以外の何物でもない。

でも眠りの後に目覚めがあり、誰のもとにも「昼」と「夜」が代わる代わる訪れるように、「無限の沈黙」を独り旅する詩人にも、帰るべき場所がある。目を覚ませば、「すべてが旅を始める前ている。

と全く同じ」で、隣には愛する人が、口を半開きにした何とも無防備な姿で、子供のように眠っ

詩人は、自分の中の「何もなくて誰もいない」場所に行かずにはいられない。けれど人間は、いつまでもずっと独り闇に吠えてはいられなくて、ささやかな日常の繰り返しにそそくさと戻ってゆく。そして毎日ほんの少し、救われていくのかもしれない。

君さえいればそれでいい、と。

注

（1）モーションの経歴等については、伊木和子訳『税関』（音羽書房鶴見書店、二〇一三年）の「訳者あとがき」を参照。

（2）Andrew Motion, *Keats: A Biography*, Faber and Faber, 1997, pp. 472–479.

（3）https://www.theguardian.com/books/2009/mar/21/andrew-motion-poet-laureate

4

トマス・キャンピオン

貴婦人たちに用はない

These ladies must have pillows,
And beds by strangers wrought;
Give me a bower of willows,
Of moss and leaves unbought,
And fresh Amaryllis,
With milk and honey fed;
Who, when we court and kiss,
She cries, “Forsooth, let go!”
But when we come where comfort is,
She never will say no.

I Care Not for These Ladies

by Thomas Campion

I care not for these ladies,
That must be wooed and prayed:
Give me kind Amaryllis,
The wanton country maid.
Nature art disdaineth,
Her beauty is her own.
Her when we court and kiss,
She cries, "Forsooth, let go!"
But when we come where comfort is,
She never will say no.

If I love Amaryllis,
She gives me fruit and flowers:
But if we love these ladies,
We must give golden showers.
Give them gold, that sell love,
Give me the nut-brown lass,
Who, when we court and kiss,
She cries, "Forsooth, let go!"
But when we come where comfort is,
She never will say no.

貴婦人たちに用はない

口説かれ拝み倒される　貴婦人たちに用はない。
優しいアマリリス、気まぐれな田舎娘の方がいい。
「自然」は「作為」を蔑むもので、彼女の美は彼女のもの。
好きだといってキスすれば、彼女は騒ぐ、まったくもう、放して！　と。
気持ちよければ　嫌とはいわないだろうけど。

アマリリスを愛したら、花と果物をくれるだろう、
貴婦人たちを愛したら、黄金（きん）の雨を降らせなければ。
愛を売る女たちには黄金（おうごん）を、私には榛（はしばみ）色の小娘を、
好きだといってキスすれば、彼女は騒ぐ、まったくもう、放して！　と。
気持ちよければ　嫌とはいわないだろうけど。

貴婦人たちには　誰かが作った枕とベッドが御入用。
私には　柳に苔に草の葉の　金では買えない四阿（あずまや）を、
そしてミルクと蜂蜜で育った　生き生きとしたアマリリスを、
好きだといってキスすれば、彼女は騒ぐ、まったくもう、放して！　と。
気持ちよければ　嫌とはいわないだろうけど。

＊　＊　＊　＊　＊

■「貴婦人」と「田舎娘」

選ぶべきは、洗練された都会の美人か、素朴で可愛い田舎の女の子か。おそらく世の男性にとって、これほど悩ましく、また好みのはっきり分かれる問題もあるまい。事は単なる美醜を超えて、人品や居心地の良さという人間性の如何にも関わってくるわけだから、なかなか難しく譲れない選択になること請け合いである。

事実、これはイギリスでも十六世紀の昔から詩に謳われてきた永遠のテーマのひとつで、シェイクスピアのソネットにも、化粧による「作為」的な女性の美を糾弾し、生まれながらの飾らぬ「自然」な美しさを称揚する作品が存在する（「ソネット百二十七番」）。そのシェイクスピアと同時代の詩人であり、それ以上にイギリス音楽史の世界において、リュート（バイオリンの祖ともいうべき古楽器）の伴奏付き独唱歌曲の作曲家として知られているトマス・キャンピオン（Thomas Campion, 1567~1620）の書いた本作もまた、洗練された「貴婦人」と素朴な「田舎娘」の、この二つの明確な対比の上に成り立っている。そして「貴婦人たちに用はない」（"I Care Not for These Ladies"）というタイトルおよび冒頭のフレーズからして明らかなように、キャンピオンはシェイクスピア同様、「自然」は「作為」を蔑むと言明し、野に咲く「アマリリス」こと田舎の娘に軍配を上げているのである。

　しかし、この詩のキャンピオンの言葉を真に受け、まるまる鵜呑みにするのは危険。というより、初めから話半分に聞いておいたほうがいい。

　というのも、アマリリスに軍配を上げる詩人の態度は一種のポーズ。そもそも「用はない」と「貴婦人」を初めから切り捨て、無条件に「田舎娘」の肩を持っていることからして、この賛美が多分に予定調和の形式的なものではないかとの察しがつく。そこでさらに注目したいのが、アマリリスに結びつけられている具体的なイメージの数々だ。「花と果物」、「ミルクと蜂蜜」といった具合に、彼女は常にみずみずしい自然の産物と共に語られている。これは「愛を売る」女として、

「黄金」や豪華な「ベッド」のイメージを背負わされている「貴婦人たち」とは実に対照的だ。

つまり本作は、臈(ろう)たけた美女がたむろする宮廷のような華やかな場所に疲れた男が、その対極にいる乳臭い小娘と緑豊かな自然の中で無邪気に戯れんとする恋の詩。そして「ミルクと蜂蜜で育った」娘、すなわち聖書中の「乳と蜜の流れる約束の地」(1)を彷彿とさせる理想的田園で育った娘と貴公子との恋の図は、キャンピオンの生きていた十六世紀後半から十七世紀初頭のイギリスで大流行していた「パストラル (Pastoral)」と呼ばれる文学様式そのものなのである。

■羊飼いの恋

パストラルの歴史は古く、その起源は気の遠くなるほど昔、古代ギリシャの詩人テオクリトス (Theocritus, c. 3rd century~After 260BC) の『牧歌』(*Idylls*, 3rd century BC) や、古代ローマの詩人ウェルギリウス (Publius Vergilius Maro or Virgil, 70~19BC) の『農耕詩』(*The Georgics*, c. 29BC) にまで遡る。田園地方で繰り広げられる羊飼いたちの生活を謳うこれらの詩のスタイルは、その後ヨーロッパ中に広まり、十六世紀ルネサンスにおいて最盛期を迎え、イギリスではエリザベス一世 (Elizabeth I, 1533~1603) の治世にエドマンド・スペンサー (Edmund Spenser, 1552/3~99) のその名も『羊飼いの暦』(*The Shepheardes Calender*, 1579) という作品が登場して、その流行に拍車をかけたといっていい。

　一年十二ヶ月毎の、いうなれば全十二章の短詩から成る『羊飼いの暦』において、田園はいわば地上の楽園としてどこまでも理想化され、そこで暮らす羊飼いたちはギリシャ・ローマ神話の登場人物さながら、暇さえあれば恋ばかりしている。というより、牧畜業につきものの過酷な肉体労働の写実描写など一切皆無のパストラルは、あくまで詩を嗜(たしな)む宮廷人の側から夢想された非現実的な田園世界でしかない。だから平時の宮廷同様、そこではもはや恋愛以外することがほとんどないのである。

　これは何もスペンサーの『羊飼いの暦』に限ったことではなく、そもそもの始原であるテオクリトスやウェルギリウスの作品からしてそうなのであって、パストラルに登場する羊飼いたちは誰も皆、憂き世を忘れ、互いに追って追われて、恋に身をやつす人間たちのアリュージョン。男だけでなく女の羊飼いの場合もそれは同じ。女羊飼いとその求婚者という伝統的なパストラルの図式に、キャンピオンの詩に登場する一筋縄ではいかない「気まぐれな田舎娘」と、宮廷の貴婦人たちに倦み疲れた貴公子という組み合わせはピタリと当てはまるというわけだ。

　しかし、文学的伝統としてのパストラルの流れを汲んでいるというこの解釈は、キャンピオンの「貴婦人たちに用はない」を語る上で重要ではあっても、必要不可欠とまではいいきれない。何もパストラルの延長線上で捉えずとも、女性の飾らぬ美を称える本作の率直さは、いつの時代のどんな立場の人間にも訴える力を十分に持っているからである。

むしろ、ここで絶対に看過すべきでないのは、この作品が正確には「エア」（ayre, イタリア語の「アリア」に相当）と呼ばれるリュート歌曲であって、キャンピオンが十七世紀に入ってすぐに発表した歌曲集『エア集』（*A Book of Ayres*, 1601）にも収められているという事実である。

■イギリス演劇と歌曲

リュート歌曲というのはルネサンス期に流行した器楽（リュート）伴奏付きの独唱歌曲の一種で、キャンピオンの他にも『エア集』の共作者とされるフィリップ・ロセター（Philip Rosseter, 1568〜1623）、それにトマス・モーリー（Thomas Morley, 1557〜1602）やマイケル・キャベンディッシュ（Michael Cavendish, c. 1565〜1628）など、作曲家の名を挙げれば枚挙に暇がない。また、ジョン・ダウランド（John Dowland, 1563〜1626）のように国内のみならずヨーロッパ各地で広く作曲家兼リュート奏者として活躍した者まで存在する。ただし文学史的観点からみた場合、イギリスのリュート歌曲に関して何が肝要かといえば、それが当時の演劇において欠くべからざるものであったということだ。

シェイクスピアの戯曲に顕著なように、十六世紀のイギリス演劇は実のところ音楽劇の要素を持つものであって、芝居の要所要所で必ずといっていいほど「歌」が登場する。たとえば『オセロ』(*Othello*, 1603～04)の第四幕第三場でヒロインのデズデモーナが歌う「柳の歌」("The Willow Song", 作曲者不詳)や、『十二夜』(*Twelfth Night*, 1601)第二幕第三場の道化フェステによる「お私の恋人よ」("O Mistress Mine", トマス・モーリー作曲)等が良い例だが、これらのいわば劇中歌は、決して短いとはいえない芝居をところどころで引き締めて、劇的効果を高めるために盛り込まれている。

ゆえに、この手の歌曲にとって最も必要とされるものが、一度聴いたら忘れられない印象的な歌詞と旋律であることはいうまでもない。すなわちリュート歌曲とは、大袈裟でなく、詩と音楽の高度な複合芸術の一形態たることを求められるものなのである。

十六世紀から十七世紀のイギリスにおいて、おそらくこのことを誰よりも深く理解し、そしてひときわ強く意識していたのがキャンピオンだ。シェイクスピアやダウランドを始め、同時代の他の詩人や作曲家たちは皆、詩と音楽それぞれの芸術的価値をもちろん認め、各々の長所を組み合わせることで生じる無限の可能性をも感知してはいたけれど、決してみずから二つながらに同じレベルや頻度で創作しようとはしなかった。いや、できなかったというべきか。

■英詩の韻律

キャンピオンは、詩における文学性と音楽性の同水準での共存について徹底的に考察し、それを実践に移すべく、ある時期から詩と楽曲を常にセットで発表するようになった。その作品数はゆうに百を超え、十六世紀後半から十七世紀初頭のイギリスにあって、そこまでしたのはキャンピオンただ一人といっても過言ではない。

少なくとも、彼に創作の確たる理念があったのは事実で、『エア集』の翌年に発表した詩論『英詩技法考察』（*Observations in the Art of English Poesie*, 1602）において、キャンピオンは一貫して英語という言語におけるアクセント継起の不規則性を重視せよ、と説いている。これはまず、いかなる言語においても主として母音にアクセントが置かれ、それが発音単位としての音節を形成することを前提とした主張である。なかんずく英語では「イー」とか「エイ」とか、アクセントのある長母音や二重母音を伴う音節が他の言語よりやや長く発音される現実的傾向を踏まえての、いわば経験的な言説といってもいい。

日本語のように母音ではなく、子音が中心の英語。しかも英語は、「ア、イ、ウ、エ、オ」と短母音をほとんど単独で発音することはない。今日でも、不定冠詞のaや定冠詞のtheが後続の単語に掻き消され、英語に不慣れな人が英単語をほとんど聞き取れないことがあるのはそのせいだ。

このような言語で書かれる英詩の韻律において、数限られた母音がもたらすアクセントによる発音変化が極めて重要であることは、改めていうまでもない。ゆえに第二章で紹介したように、弱強五歩格のようなアクセント中心の韻律法、すなわち強勢の有無によって強く読むところと弱く読むところを明確に区別することで形成されるリズムパターンが存在し、重宝がられてきたというわけだ。

■英詩の不規則性

ただ、だからといって、それが英詩における万能の韻律法というわけでもない。キャンピオンが指摘しているのは、正にこの点なのである。

いかなるルールにも例外はつきものだが、たとえば、第一章で取り上げたシェイクスピアの「ソネット十八番」のような代表的な弱強五歩格の詩、しかもその最も有名な冒頭一行目Shall I compare thee to a summer's day? からして、英語の詩はその不規則性をわたしたちに見せつける。音節ごとに一行中で「弱強」(○で囲んであるのが本来強く読む部分)を五回繰り返していく韻律の決まり通りに発音していくと、三回目の「弱強」の際に前置詞のtoをやたら強く読まねばならぬ羽目になり、何だかかえって調子がおかしくなってしまうのだ。このような場合、あくまで自然に流れるように読もうとすれば、to の前にある thee の最後の長母音「イー」を気持ち長めに伸ばして、その後ひと息つくようにして軽めに to を発音するしかない。

規則を当てはめようとしても、どうしても不規則になりがちで、時にそのほうが耳に快い――。実のところ、いかなる言語においてもそれが詩というものなのだが、キャンピオンは主としてギリシャ・ラテン語の古典詩の知識と、詩人としての経験的見地からこのことを注視した。そして英詩の韻律は音の「弱強」よりも、むしろギリシャ・ラテンの古典詩風に「長短」によって形成されるべきと主張した。またそうすることによって、「高らかに歌う」ことに限りなく近い音楽的効果が生じるのだから、[2] 時に子供っぽい言葉遊びの向きを漂わせる押韻はもはや無用、やるならせいぜい控え目にする程度でよいとも訴えたのである。[3]

■詩の音楽性

だが、母音を長く発音する以上に、韻を踏むことによって生じる詩の音楽的効果は計り知れず、キャンピオンの押韻無用論にはいささか首を傾げる。実際、これにはすぐに同時代の詩人サミュエル・ダニエル（Samuel Daniel, 1562～1619）が『韻の擁護』（*A Defense of Rhyme*, 1603）を著して異を唱えたが、キャンピオンが韻の不要を訴えた『英詩技法考察』の第二章をよくよく読めば、それが押韻の規則に捉われるあまり、単なる語呂合わせの愚に陥る詩人崩れの輩を危惧してのことだとわかる。そしてリュート歌曲として、古典音楽愛好家を中心に今も愛唱されている「貴婦人たちに用はない」の詩を読み返してみれば、良い意味でキャンピオンの理論と実践は必ずしも一致しておらず、そもそも逐一合致する必要などどこにもないことに気づかされる。

少なくとも、この詩の各連最初の四行は、一行毎にそれぞれきちんと韻を踏んでいる。しかも、各連最後の二行で繰り返されるリフレイン部分では、弱強四歩格の後に弱強三歩格が続いていて、これは「バラッド（Ballad）」と呼ばれる民間伝承の歌謡における典型的な韻律でもある。実際、楽曲に乗せて歌われている状態でリフレイン部分に耳を傾ければ、アクセントのある母音部分は文字通りの長母音として、軽やかに伸びやかに発音され歌われており、文句のつけようがない。

「貴婦人たちに用はない」の他にも、「美しい人、あなたがそれほど望むなら」（"Beauty, Since You So Much Desire", 1617）や「さくらんぼ」（"Cherry-Ripe", 1617）など、キャンピオンの詩にはそれなりに知られたものがあるが、いずれも、何らかの教訓や確固たる信念を伝えるタイプの作品ではない。実際、本作のリフレイン部分「好きだといってキスすれば、彼女は騒ぐ、まったくもう、放して！　と」は恋人同士が乳繰り合っている場面でしかないし、別の作品「美しい人、あなたが～」に至っては、暗に女性の秘所を指し示す内容で、エロティックそのものだ。

けれど、キャンピオンの紡ぐ言葉はいつだって簡潔で迷いがなく、その提示するイメージには乾いた辛さや惨めさが微塵もない。深い省察がないかわりに衒うこともなく、「貴婦人たちに用はない」のアマリリスが体現するみずみずしい感覚的な世界が目の前に広がるばかりだ。それが楽曲とセットとなって耳に快く響くものだから、人は今も彼の歌をふと思い出したように口ずさむのである。

これもまた、ひとつの優れた詩のありよう。シェイクスピアと同じ時代、同じ国に、詩と音楽の融合をとことん極めたキャンピオンという詩人がいた——それを覚えておくに如くはない。その理論はともかく、実践の成果はこうして今も形として確かに残って、歌い継がれているのだから。

注

（1）旧約聖書中の「申命記」（Book of Deuteronomy）第六章三節（'the land that floweth with milk and honey'）を参照。

（2）Thomas Campion, *Observations in the Art of English Poesie*, The Eight Chapter: Of Ditties and Odes in G. Gregory Smith ed., *Elizabethan Critical Essays*, Vol. II, 1904, pp. 346–349.

（3）*Ibid.*, pp. 329–332.

5

アンドルー・マーヴェル

恥じらう恋人へ

And yonder all before us lie
Deserts of vast eternity.
Thy beauty shall no more be found,
Nor, in thy marble vault, shall sound
My echoing song: then worms shall try
That long preserved virginity,
And your quaint honour turn to dust,
And into ashes all my lust:
The grave's a fine and private place,
But none, I think, do there embrace.

Now therefore, while the youthful hue
Sits on thy skin like morning dew,
And while thy willing soul transpires
At every pore with instant fires,
Now let us sport us while we may,
And now, like amorous birds of prey,
Rather at once our time devour
Than languish in his slow-chapt power.
Let us roll all our strength and all
Our sweetness up into one ball,
And tear our pleasures with rough strife
Thorough the iron gates of life:
Thus, though we cannot make our sun
Stand still, yet we will make him run.

To His Coy Mistress

by Andrew Marvell

Had we but world enough, and time,
This coyness, Lady, were no crime.
We would sit down and think which way
To walk and pass our long love's day.
Thou by the Indian Ganges' side
Shouldst rubies find: I by the tide
Of Humber would complain. I would
Love you ten years before the Flood,
And you should, if you please, refuse
Till the conversion of the Jews.
My vegetable love should grow
Vaster than empires, and more slow;
An hundred years should go to praise
Thine eyes and on thy forehead gaze;
Two hundred to adore each breast;
But thirty thousand to the rest;
An age at least to every part,
And the last age should show your heart;
For, Lady, you deserve this state,
Nor would I love at lower rate.

But at my back I always hear
Time's wingèd chariot hurrying near;

恥じらう恋人へ

もしも世界と時間が、あり余るほどあるならば、
恋人よ、この恥じらいも　罪にはならない。
腰でも下ろして、どの道行(ゆ)こうか思いめぐらし
日がな一日　愛し合って過ごせばいい。
君が　インドのガンジス河のほとりで
ルビーを探すというのなら、僕は
ハンバー川[1]の辺りで　文句でも垂れるとしよう。
ノアの大洪水[2]の　もう十年も前から愛してる、
でもお望みなら、全ユダヤ教徒が改宗するまで[3]
拒み続けたって構わない。
僕の繁茂性の愛情は　どんな帝国よりも
広く大きく、とてもゆっくり育ってゆくから、

君の目を褒め称え、額をじっと
見つめるのに　まず百年、
両方の乳房（むね）を　それぞれ賛美するのに二百年、
他のところ全部には　三万年は必要で、つまり
体のあらゆる部分（パーツ）に少なくとも一時代、そして
君の心を知るには　最後の審判の時までかかる。
恋人よ、君にはそれだけの価値がある、
これ以下のやり方なんかで　愛せやしない。

けれど聞こえるんだ　背後から
翼もつ「時」の戦車が凄まじい勢いでやってくる。
そして前方はるか彼方には
広大な永遠の砂漠が拡がっている。
そこでは　君の美しさも二度とは見られず、
君の眠る大理石の納骨堂では

僕の歌声も響きはしない。長いこと守ってきた
その処女も　蛆虫どもの餌食になり、
君の古風な貞操観念とやらは塵と化し、
僕のあれやこれやの欲望も灰に帰す。
墓というのは　人目につかない素敵な場所さ、
ただ思うに、誰もそこでは抱き合わない。

さあ　だから、朝露のように艶めく若さが
君の肌に輝いているうちに、
その生き生きとした魂が　情熱に燃え
体じゅうの毛穴から放たれているうちに、
ねえ　楽しもうよ　今のうちに、
恋に憑かれた　つがいの猛禽類のように、
時にゆっくり貪られ　朽ちていくより
今すぐに　二人の時間を貪り尽くそう。

持てる力の全て、美しさの全てを
ひとつに合わせ　一丸となり、
人生の鉄の門を　荒々しく打ち破り
ありとあらゆる快楽を　味わい尽くそう。
それで、太陽の歩みは止められやしないけど、
蹴散らかすことくらいは　できるだろう。

＊　＊　＊　＊　＊

■詩人の口説きのテクニック

時間はまだある。

そう思って過ごせるうちが、たぶん人生は花。気づけばいつも何かに追われ、時には自分から追ったりもして、いつの間にか一年くらいが過ぎている……。情けない話だけれど、それが子供の頃を過ぎたわたしたちの、嘘偽りのない時間感覚というものではないだろうか。

つまり、何事にも無邪気で無頓着なうちは、時間は無限にあると思える。けれど一旦、何かにこだわり夢中になって、ぞっこん惚れ込んでしまうと、時間がいくらあっても足りなく思えて、つい焦るというか、先を急ぎたくなるというか……。そんな経験はきっと誰にでもあるはずで、その最たるものが恋、だろう。

実際、恋とは性急なもの。「もしも世界と時間が、あり余るほどあるならば(＝世界にも時間にも限りがあるからボヤボヤできない)」の一節で始まるアンドルー・マーヴェル(Andrew Marvell, 1621～78)の「恥じらう恋人へ」("To His Coy Mistress", 1650s)は、それをイギリスのどんな詩よりも雄弁に、そしてちょっぴり皮肉に物語る。

この詩は形のうえでは、全部で三連に分かれている。が、通して一読すればわかるように、内容と主張は首尾一貫。語り手すなわち詩人は三つの連の最初から最後まで、思いは通じ合っているのに、なかなか最後の一線を越えさせない恋人への「口説き」に終始している。

この詩人の口説きの手法というか手口が何とも面白い。女性を口説き落とそうというのに、完全に理詰めなのだ。

たとえば出だしの二行からして、すでに「恋の三段論法」。①もしも世界と時間があり余るほどあれば何も問題はない↓②しかし物事には全て限りがあって恋愛においてもそれは同じ↓③ゆえに恥ずかしがっている暇はない。もしも、しかし、ゆえに、と完璧なスリーステップの弁論法で、世界と時間の有限性をダシに乙女の恥じらいを「罪」と呼ぶ。これが（屁）理屈でなくて何だろう。

この何とも理屈っぽい口説き文句を、一行で弱強のリズムパターンを四回繰り返す弱強四歩格（Had we but world enough, and time）で流れるように歌い出し、聖書ベースの思わず吹き出しそうなほど大げさな物の譬え（はるか昔の「ノアの大洪水」の前からずっと好きだったとか、どれだけ好きかわかってもらうにはこの世の終わりの「最後の審判」の時までかかるとか）を何度も繰り返した挙げ句、最後のほうでようやく「だから」、お互い「楽しもうよ」という本音を漏らす……。何よりもまずこの構造に、イギリス文学史上この作品が「形而上詩（Metaphysical Poem）」と呼ばれる所以があるといわねばならない。

■形而上詩とは

形而上すなわちメタフィジカルとは、ごく簡単にいえば精神的で抽象的な世界を指す。具体的には神とか宇宙とか霊魂の問題などがその範疇に入るわけだが、これはあくまで語義の話。イギリス文学におけるジャンルとしての「形而上詩」となると、事情がちょっとばかり違ってくる。

結論から平たくいうと、恋愛などの比較的卑近で素朴なテーマに対して、不釣り合いなほど高尚で抽象的な概念を敢えて持ち込み、良くも悪くも話を大きくするのが形而上詩。通常、マーヴェルや、次章で取り上げるジョン・ダン（John Donne, 1572～1631）等の十七世紀の詩人十数名がその担い手として十把一絡げに「形而上詩人」と呼ばれるが、別に彼らがみずからそう名乗って徒党を組んでいたわけではない。事実その命名からして、後世十八世紀の文学者サミュエル・ジョンソン（Samuel Johnson, 1709～84）が自著『イギリス詩人伝』（*Lives of the Most Eminent English Poets*, 1779～81）において、試みに行ったものなのである。

このように当該詩人間に意識的党派性が見られず、認知と評価が後からついてきたものである以上、十七世紀における形而上詩人群の登場は一種の流行現象だったと判断するよりほかはない。ただしそれは偶然ではなく、必然として生じた流行。おそらくそう表現するのが一番正しい。

というのも、前世紀すなわち十六世紀までのヨーロッパでは、恋の詩といえば本書ですでに紹介したイタリア生まれのソネットのことを意味した。その後、イギリスでは、シェイクスピアの登場により、中世以来の詩形式としてのソネットはいわば天井をうった感があり、後続の詩人たちが易々とは刷新の余地を見出せぬほどの完成の域に達していたといわねばならない（その証拠に、イギリス文学の優れたソネットといえば、二十一世紀の今も普通シェイクスピアのそれを指す）。

そこで十七世紀には、文学上の新しい試み、もしくは実験として、主として恋愛をテーマとする抒情詩に、哲学や神話、宗教等のお堅い形而上学的思弁が盛り込まれるようになった。[4] つまるところ、それまでの抒情詩をより知的に、難解に、そして最高にシックに仕上げることが、十七世紀形而上詩の命題だったといえばいいだろうか。

くわえてもうひとつ。恋と理屈のように相反する二つの要素を意図的に組み合わせ、遠まわしに本質を突き本音をいうやり方は、文学的方法論としては諷刺そのもの。この意味で、形而上詩は当然ながら、見よう読みようによっては時にかなり皮肉で諷刺的ともなる。

■技巧的な恋愛詩

マーヴェルの「恥じらう恋人へ」は、その最たるもの。「もしも～ならば」の仮定法で女性への熱い思いがスケール大きく、ロマンティックに訴えられているようでその実、よく読んでみれば、語られている内容は非ロマンティックの極み。要は「あんまり勿体ぶるなよ」と、皮肉っぽく恋人に詰め寄っているのである。

これは詩作、なかんずく恋愛詩の創作方法としては実に意外で、機知に富んでやしないだろうか。二十世紀最高の詩人の一人、トマス・スターンズ・エリオット（Thomas Stearns Eliot, 1888～1965）は事実そう認め、初期の代表作「J・アルフレッド・プルフロックの恋歌」（"The Love

図２「時の神（クロノス）」
《クロノスとその子》ジョヴァンニ・フランチェスコ・ロマネッリ（17世紀、ワルシャ国立美術館蔵）

Song of J. Alfred Prufrock", 1915）の中で「時間はある、時間はある（There will be time, there will be time)」というリフレインを繰り返し、暗にマーヴェルのこの詩をパロディ化している。そして後に詩論「形而上詩人」（"The Metaphysical Poets", 1921）で、十七世紀形而上詩の本格的な再評価に手を付けた。[5] 自己の文学の核をもっぱら知と理と信仰に求めたエリオットがそうせずにはいられなかったほど、十七世紀形而上詩はすこぶる知的で、現代の批評と鑑賞に堪えうる洗練を確かに備えているということだ。

が、恋にひたすら永遠を求めてやまなかったシェイクスピアの「ソネット十八番」、そして自己の欲望を純粋にぶつけていたキーツの「輝く星よ」に比べたら、これら十四行のソネットより長いぶんを差し引いてなお、「恥じらう恋人へ」の語り口は回りくどい。表現が巧みで弁がたつぶん、どこか形式的で技巧的なのだ。

弁がたつのは悪くない。シェイクスピアがイギリスの短い夏にことよせ謳った時間の有限性を、マーヴェルは「背後から／翼もつ『時』の戦車が凄まじい勢いでやってくる」と、第二連冒頭でギリシャ神話に登場する有翼の「時の神（クロノス）」の図像学的イメージを持ち出して、表象性豊かに提示している。まあ衒学的ともいえるが、そうしてある意味、学のあるところを見せつけておいて、人間の死すべき運命（さだめ）という文学の伝統的テーマについてはまともに取り合うどころか、墓場にまつわる身も蓋もないエロティックな奇想（ご大層に守ってきた処女が蛆虫に食われるなど）で軽妙かつユーモラスに処理してみせる。ここには確かに、一筋縄ではいかない詩法の洒脱を看取すべきではあるだろう。

ただ、この詩のほとんど唯一の欠点もまたそこにあるように思う。口の上手い人が最初から話半分の扱いを受けて思わぬ損をすることがあるように、詩人の言葉巧みな誘惑の向こう側に垣間見える重たい「何か」に、うっかりすると一部の読者はなかなか気づかないかもしれない。詩のメッセージそのものより、それを伝える方法のほうが悪目立ちして、肝心の伝達を妨げるというそれこそ最大の皮肉が生じる可能性もなきにしもあらず、なのだ。

■「今この瞬間を楽しむ」

注目したいのは、第二連の最後から第三連にかけての流れ。「墓というのは人目につかない」場所だけれど、いくら二人っきりになれたところでそこで抱き合うわけにもいかないでしょうというくだりには、明らかに単なる諧謔以上のものが込められている。

これは、墓場で事に及ぶなんてゾッとしないという意味であるのはもちろん、「君の眠る大理石の納骨堂」云々という前の文脈からすれば当然、死んで肉体が滅んだ後にセックスするのは物理的に不可能という意味でもある。

肉体は滅んでも魂は不滅——。今も昔もヨーロッパ文明の水脈をなし、事実本作の底流にも脈打っているキリスト教世界観の根底には、この魂と肉体の二元論が存在する。換言すれば、死して後の永遠を約束されている霊魂に比べ、肉体ははるかに脆く儚く罪深く、ゆえに男と女においても肉の結びつきに捉われるのは世にも愚かなことという原理が存在している。

しかし、誰が今さらこれを本気で信じるだろう。

これは信仰のあるなしの問題ではない。現実に生きて恋をして、他人を求めたことのある生身の人間の偽りなき実感として、肉体の介在しない恋などありえない。何を、誰を憚ることもない。神でも天使でもないわたしたちは、肉もつゆえに死すべき一匹の人間の立場からむしろ堂々と開き直って、そう断言していいはずだ。

事実、人は誰もいつかは年を取って死んでいく。「だから」「楽しもうよ、今のうちに」と、命の有限性を前にした途端、恋が一気に性急さを増し、性愛の交わりに誘い誘われたところで、それが一体何ほどの罪だというのだろう。何が悪いというのだろう。

「時にゆっくり貪られ朽ちていくより／今すぐに二人の時間を貪り尽くそう」。生きて「人生の鉄の門」を打ち破り「楽しもう」、愛も恋も何もかも全部――。これは詭弁でもなければ、眼前の欲望に目がくらんだ刹那の叫びでもない。人が今この瞬間を楽しむこと、つまりは限りある生を楽しんで生きることへの大いなる誘いだ。それこそはキリスト教が登場する以前、はるか紀元前の昔からヨーロッパを支え続けてきた「カルペ・ディエム（Carpe Diem）」と呼ばれるものである。

ラテン語で「その日をつかめ」（＝seize the day）を意味するカルペ・ディエムは、ホラティウス（Quintus Horatius Flaccus, 65～8 BC）の詩にその起源をもち[6]、明日のことは誰にもわからないから今を大切に、という文脈の中に登場する言葉である。すなわち古代ローマの時代から、人がみずからの限りある生命や困難な人生とどうにか折り合いをつけたくなった時に、ポケットからお守りを取り出すみたいに思い出しては頼りにし続けてきた、実に由緒正しい死生観といっていい。

この一大テーマを最後の最後で示すべく、マーヴェルの「恥じらう恋人へ」が書かれていることはいうまでもない。そこに至るまでの諸々の形而上的かつ諷刺的な語り口は、いわば方便。先述したように、その方便が少々上手すぎるのが玉に瑕といえばそうなのだが、これはある意味仕方のないことだったかもしれない。

■マーヴェルの機知と諧謔

作者マーヴェルは諷刺作家として鳴らしていた人物であり、譬えていうなら、単純に「カルペ・ディエム！」と叫んではいられない剣呑で厄介な時代に生きていた。というのも、この詩はイギリス史上最初にして（おそらく）最後の王室断絶期に書かれたものと推定されていて、出版は詩人の死後。つまり「ピューリタン革命」と呼ばれる議会の急進的左派主導の内乱で王政が廃止され、あらゆる娯楽は罪という狭隘な禁欲主義が横行していた共和政体時に書かれた可能性が高いのである。

そんな時代だから、いいたいことをいうにもいちいち技が要る。そして、ピューリタニズムという禁欲主義が罪悪視してやまない肉体こそは、この世の恋を恋たらしめるものなのだ。ならば、共和政と呼ばれる十七世紀の一時期、こうした反ピューリタン的真理は、わかる人にだけわかるように意を尽くして伝える必要があった。「恥じらう恋人へ」の高い技巧的完成度、そしてそれが秘匿され詩人の死後まで世に出ることのなかった事実は、端的にそのことを物語ってはいないだろうか。

ちなみに、一人間としてのマーヴェルは常に政権中枢に近いところにいながら、政体が二転三転する激動の時代を不思議に生き延びた。これを指して彼を政治的信条の定まらぬ風見鶏として非難し、人間として疑問視する向きもあるけれど、ブリテン島のほぼ全土が戦場と化したイギリスの十七世紀を知らない後世の気楽な立場で、彼を責める資格はたぶん誰にもない。

どんなに剣呑で厄介な時代でも、「今」を生きて楽しもうとする。変な話、死ぬまで生きなければならない人間にとって、それは最高の能力のひとつというものだ。そして、わたしたちに「太陽の歩み」という時間は止められず、誰も一度は死ななければいけないけれど、「人生の鉄の門」に怯えることなく誰かと悦びを分かち合う権利は、まだ残されている。

ならば、怖れるものなど何もない。

注

(1) イングランド北東部の川。マーヴェルの故郷キングストン・アポン・ハル（Kingston upon Hull）を流れる川であり、前々行の「インドのガンジス河（the Indian Ganges）」と遠近の地理的対比を成す。

(2) 旧約聖書「創世記（Genesis）」の第六章から第九章にかけて述べられている大洪水の話。地上の堕落した人間たちは皆、神によって洪水で滅ぼされ、「神と共に歩む（walked with God）」人ノアとその一族だけが救われた。

(3) イエス・キリストが再臨し、みずからを迫害したユダヤ教徒をも含めた全人類に裁きを下す「最後の審判（The Last Judgement）」の時、すなわち世界の終末を指す。

(4) 形而上詩の特徴については、David Reid, *The Metaphysical Poets*, Routledge, 2014; Harold B. Segal, *The Baroque Poem: A Comparative Survey*, Dutton, 1974; Helen Gardner, *The Metaphysical Poets*, Penguin, 1957; Herbert J. C. Grierson, ed., *Metaphysical Lyrics and Poems of the Seventeenth Century*, Oxford University Press, 1921. 等を参照。

(5) エリオットは形而上詩人たちの「思想の直截的で感覚的な把握（a direct sensuous apprehension of thought）」能力を高く評価しており、そのことが十八、十九世紀には理屈が過ぎるとして非難されがちだった形而上詩の再評価につながった。詳しくは T. S. Eliot, *Selected Essays*, Faber & Faber, 1951, p. 286 を参照。

(6) 'carpe diem, quam minimum credula postero'（*Carmina*, 1:11）「その日をつかめ　明日のことはできるだけ頼みにせずに」の意。

6

ジョン・ダン

◆◆◆◆◆◆◆◆◆

蚤

Wherein could this flea guilty be,
Except in that drop which it sucked from thee?
Yet thou triumph'st, and say'st that thou
Find'st not thy self, nor me the weaker now;
'Tis true; then learn how false, fears be:
Just so much honor, when thou yield'st to me,
Will waste, as this flea's death took life from thee.

The Flea

by John Donne

Mark but this flea, and mark in this,
How little that which thou deniest me is;
It sucked me first, and now sucks thee,
And in this flea our two bloods mingled be;
Thou know'st that this cannot be said
A sin, nor shame, nor loss of maidenhead,
  Yet this enjoys before it woo,
  And pampered swells with one blood made of two,
  And this, alas, is more than we would do.

Oh stay, three lives in one flea spare,
Where we almost, nay more than married are.
This flea is you and I, and this
Our marriage bed, and marriage temple is;
Though parents grudge, and you, w'are met,
And cloistered in these living walls of jet.
  Though use make you apt to kill me,
  Let not to that, self-murder added be,
  And sacrilege, three sins in killing three.

Cruel and sudden, hast thou since
Purpled thy nail, in blood of innocence?

蚤

この蚤をよおく見て、こいつにとっては、
君が僕を拒んだって　どうってことない。
初めに僕の血を吸って、次に君のを吸ったから、
こいつの中で　僕ら二人の血は混ざりあう。
知ってのとおり　これはべつだん罪じゃなく、
恥じゃなく、処女喪失というわけじゃなく、
　こいつはただ味わってる　求婚もまだなのに、
二人の血を一緒（ひとつ）にして吸い上げて　丸々太って、
これは　ああ！　僕ら二人もまだなのに。

おお　そのままで、一匹の蚤に宿りし三つの命
僕らはもう　そうさ　結婚したようなもんさ

この蚕は　君であり　僕であり、そしてこれが
二人の婚礼のベッド　婚礼の神殿。
親は渋るし、君も渋るが、僕らは出逢った、
漆黒の生きた壁に囲まれて　一緒（ひとつ）になった。
世の習いで　君は僕を殺しにかかるが、
自分自身まで　殺しにかかるな、
それは神への冒瀆、三つ殺せば三つの罪。

残酷にして気が早い、君はもう無垢な血で
爪を赤に染めたのか？
この蚕の　一体どこに罪がある、
ほんの一滴　君の血を吸っただけだろう？
なのに勝ち誇って　いうんだね
君も僕も　弱虫なんかじゃないなんて。
　なるほどそうだ、じゃあ怖がるのは間違いと知れ、

所詮それっぽっちの名誉なのさ、君が僕に身を任せたところで、
失われるのは　蚤一匹の死が奪える程度のものなのさ。

＊　＊　＊　＊　＊

■詩人の奇想

タイトル「蚤」。

ふざけた題だ。聞いただけで何だか体が痒くなってきそうで、これが恋愛詩であるとは俄かに信じがたい。しかし、本作はイギリスや英語圏文学の詩選集の類いには必ずといっていいほど収録されている名詩中の名詩である。

名詩と呼ばれる理由は様々あるが、まずは「蚤」と「恋」のリンケージ。文学における「蚤」というモチーフ自体は決して目新しいものではなく、フランス・ルネサンス期のエティエンヌ・パスキエ（Étienne Pasquier, 1529～1615）らによる『マダム・デ・ロッシュの蚤』（*La Puce de Madame Des-Roches*, 1582～83）など、ヨーロッパには結構な数の蚤の詩がある。だが、それらは得てして、牡牛や白鳥など自由自在に姿を変えて女たちと交わったギリシャ神話の全能神ゼウス

よろしく、愛しい人の肉体を無遠慮に侵食する害虫への屈折した羨望の弁となっている。[1]
しかし、ジョン・ダン（John Donne, 1572～1631）の詩はそうではない。これは蚤自体に向けられた詩でもなければ、できることなら蚤になりかわって愛しい人の血を吸いたいという変態（メタモルフォーゼ）的な話でもない。そうではなく、蚤と恋人たちという一見どう考えても結びつかないもの同士を結びつけて「一緒（ひとつ）」の存在にするという、詩人の破天荒な奇想がひときわ光る作品なのだ。それでいて途中で論が破綻することもなく、最終的には男女の性愛を是認するまっとうな恋愛詩に仕上がっているのだから、ダンという詩人はかなりの凄腕。

■ダンとマーヴェル

詩において異なる二者を結び合わせ、さらに別の何かの譬えとする――。この種の意味拡張を伴う暗喩（メタファー）は、前章の「恥じらう恋人へ」の解釈のポイントとしてすでに指摘したとおり、十七世紀形而上詩の典型的手法である。そして十六世紀後半に生を享け、十七世紀半ばのピューリタン革命以前に亡くなっているダンこそは、イギリス形而上詩の真のパイオニアだ。

ダンは「恥じらう恋人へ」の作者マーヴェルより四十九歳年上。これは世代的には二回り上ということで、各々の生きていた時代と社会はかなりの部分異なっていたと考えるべきだろうし、実際にそうだった。

時の国王、王朝でいえば、「蚤」("The Flea", published in 1633) の創作時期と推定される若き日 (二十代当時) のダンが生きていたのは、晩年のエリザベス一世 (Elizabeth I, 1533~1603) 治下のテューダー王朝末期。これは海洋政策を中心にイングランドが最初の黄金期ともいうべき国家的発展を遂げていた時代であって、文化的に見ても、キリスト教世界よりは古代ギリシャ・ローマ世界をより大いなる範とし、清濁併せのんで人間性をまるごと肯定した十六世紀ルネサンスの最盛期にあたる。

一方のマーヴェルが生きていたのは、未婚で嫡子なきエリザベス亡き後、スコットランドから新国王として迎えられたジェームズ一世 (James I, James VI as King of Scotland, 1566~1625) に始まるスチュアート王朝下。それも前章の最後で触れたとおり、スチュアート朝第二代のチャールズ一世 (Charles I, 1600~49) の治世になってからの、内乱と共和政誕生に揺れる激動の世の中だった。したがって、時系列的に正確に表現しなおせば、十六世紀ルネサンスの詩人ダンの後続の形而上詩人の一人が、十七世紀のマーヴェルだったということである。

となれば、なるほど得心。これは文学に限らず、どの分野でもいえることだけれど、優れた先人の延長線上に小粒ながら、さらなる洗練を携えて登場するのが後続部隊。前章で紹介したマーヴェルの詩がどこか形式的で技巧的だったのも、性を含めた大らかな愛の表現を忌避する厳格なピューリタニズムが支配していた特殊な時代環境に加え、後続の人間の常の部分があったともいえそうだ。

■独創的な表現と形式

実際マーヴェルと比べると、「先人」ダンははるかに素朴。たとえば「蚤」のどこをどう読んでも、ノアの大洪水や、「時の神（クロノス）」の話は出てこない。少なくとも、一読してすぐそれとわかるような聖書や神話の細かいアリュージョンは見当たらない。というより冒頭二行、「この蚤をよおく見て、こいつにとっては、／君が僕を拒んだって　どうってことない」をそれこそ「よおく」読んでみればわかるように、ダンは端から言葉を一切飾り立てようとしていない。

蚤を見ろ、という内容だけでなく、形式もそう。この詩はリズムパターンが一定しておらず、一行内で「弱強」のパターンを四回繰り返す弱強四歩格と、五回繰り返す弱強五歩格とが一行ごとに代わる代わる登場する。そして各連最後の二行だけ、かろうじて同じ五歩格が繰り返されて、アクセントのリズムが揃う仕組みだ。

詩全体が弱強五歩格で統一されていたシェイクスピアのソネットを振り返ってみるとわかるが、これは十六世紀の詩としてなかなか珍しいことである。イタリア由来のソネットが持ち込まれてまだ比較的日の浅い、定型詩華やかなりし十六世紀当時にあって、弱強四歩格と五歩格を行ったり来たりのダンの韻律法は、実に独特。まるで形式に捉われることを嫌うかのように、一行毎に言葉のリズムを意図的に揺らし、変えている。それでいて詩全体が耳障りにならないように、押韻は常識的で規則的。カプレット（Couplet）と呼ばれる二行続きで韻を踏む一般的な押韻法を用い、各連最後に余りとして生じる九行目も、直前の音に上手く揃えて終わらせている。

このように、ギリギリ破綻しないレベルで形式から自由であるダンの詩の響きは、ある意味で日常的な会話のありよう、わたしたちの普段の言葉遣いにどこか似ている。全体として平易で、決して一本調子というわけじゃないけれど、同じところを行きつ戻りつしながら訥々（とつとつ）と言葉を紡ぐ——。少なくともこれは、日常の「語る」という行為に限りなく近く、ゆえにダンのこの詩に人は素直に耳を傾ける。

換言すれば、ところどころ整っていないからこそ親しめるのであって、人でも言葉でも、完膚なきまでに飾り立てた状態というのはむしろ色々不向き。目を背け、耳を塞ぎたくなるほど滑稽なこともしばしばだ。それを意識して意図的にやるのが諷刺であることはいうまでもないが、ダンはこの詩においてところどころ皮肉ではあっても、決して滑稽かつ諷刺的であろうとはしていない。

■蚤と詩人と恋人との三位一体

というのも、詩人がここで試み、成し遂げようとしているのは、鼻先の嘲笑ではなく心からの説得なのである。結婚するといっているのに肉の契りを「渋る」恋人に、何とかイエスといわせることなのだ。斜に構えている場合じゃないし、冷たく嘲笑うなんてお門違いもいいところである。

実際、夫婦になれば性を交わすのだから、それが今で何の不都合がある？　と説き伏せたくて、これは「べつだん罪じゃなく、恥じゃなく……」と、詩人は第一連からもう必死だ。続く第二連でも、ともに蚤に刺されてしまった我ら二人はもう「結婚したようなもんさ」と、半ば強引な議論で婚前交渉を正当化しようとし、キリスト教最高の神秘である三位一体（①父なる創造主、②子イエス・キリスト、③聖霊、の三者が一体の「神」であるという教義）のイメージまで持ち出して、蚤までひっくるめての一心同体を訴えている。そのうえ己が体内で二人の血を交わらせたことから、たかが蚤一匹をあまつさえ「婚礼の神殿」とどこまでも持ち上げる……。

これは確かに表現として大仰で、皮肉な笑いを誘わないでもない。けれど、それ以上に注視すべきは、第二連の蚤の描写が聖なるイメージでほぼ統一されていることだ。

「一匹の蚤に宿りし三つの命」。ここから想起されるのは、ノアの大洪水とか最後の審判とか、誰もがどこかで聞きかじったことのある聖書の基礎みたいなエピソードの数多ではない。それはすでに指摘したとおり、三位一体というキリスト教最高の神秘である。「この蚤は　君であり　僕であり」というのは、もはや一種の言質。ここに示されているのは、蚤と「僕ら」は三者で一体のものという概念であり、神や人、男や女が「一緒（ひとつ）」になるということそれ自体の不可知の神秘、不可侵の聖性であって、第二連全体がその決定的な暗喩として機能しているといっても過言ではない。

　だから「世の習い」で蚤を殺すのは「神への冒瀆」。それは「僕を殺しにかかる」のと同じであり、さらには「自分自身まで殺しにかかる」ことになるのだからやめておけ——。詩人のいっていることは、やはり三位一体の教義とどこまでも辻褄があっている。

　これは大袈裟をはるかに通り越した大真面目というもので、蚤にことよせ遊び半分を装いながらその実、詩人は全身全霊で恋人を口説いている。やがて妻となる女性の全てを欲している。今ここで、心から。

■ルネサンス詩の到達点にして形而上詩の先駆

　言葉をいたずらに飾り立てることをよしとしないのもそのせいだ。最初にひとつ深呼吸でもするみたいに「よおく見て（Mark）」と、いい聞かせるような注意喚起から詩を始めているのは、これから本当のことを話そうかという折に人が我知らず行う密かな合図。そしてこの詩の場合、それは同時に一見そうとは気づかぬほどのささやかな、作品の本質へとわたしたちを誘う布石ともなっている。つまり蚕という、取るに足らぬことさら小さな生き物にまず目を向けさせて、躰を許すか許すまいかという恋人の思い煩いもまたどんなに取るに足らぬ小さなことかを、あらかじめ示しているのである。

　粗野なほど素朴で平易な言葉とは裏腹に、朝露に輝く蜘蛛の巣みたいに優しく緻密に張り巡らされた、愛という美しい詩想の糸。わたしたち読者が気づかぬうちに初めからそれに絡めとられているように、恋人もまた絡めとられるのは時間の問題。というより、当然のことなのだ。霊魂と肉体の二元論に拠って立つとして、人間が半分は肉体から成るものである以上、「一緒（ひとつ）」になるということは躰が結ばれるということ。それはいやらしいことでも汚らわしいことでもなく、もう半分の人間の構成要素である心が結ばれることと何ら変わらない。

　この意味で、やはり肉体のない恋などありえず、肉体の介在しない恋は、少なくとも人間的な恋ではないのだろう。中世の昔、ダンテ（Dante Alighieri, c. 1265～1321）やペトラルカ（Francesco Petrarca, 1304～74）がもっぱら肉体よりも魂の結合を重視し、天上の神の世界において結ばれることこそが愛と謳い上げたのとは対照的に、十六世紀ルネサンスの詩人ダンは、肉体が結ばれることで魂もまた結ばれ「一緒（ひとつ）」になると信じて疑っていない。したがって後世の目からみれば、ダンの「蚤」は前時代の恋愛詩に対する一種の挑戦そのもの。シェイクスピアでさえ行っていたあからさまな猥褻や直截的なエロスの表現に一切頼ることなく、それでいて肉体という人間の本質から愛の合一を説く「蚤」はとりわけ優れているといってよく、形而上詩の先駆にしてルネサンスの面目躍如といったところである。

ちなみに後年、ダンはロンドンのセント・ポール大聖堂の主任司祭となり、「蚤」にみられるような世俗性の全てを封印した宗教詩に手を染めてゆく。[2] が、ひたすら死を見つめるようなそれらの詩にしても、彼の同時代の抒情詩人たちが決して書くことのなかったものなのである。あくまで挑戦的でいつも独り超然として……それがダンという詩人なのだ。

そんな彼に迫られて、いつまでもノーといい続けられるほど、どんな女も頑なではない。第三連の冒頭、恋人が蚤を殺してしまったという設定は、彼女が依然「世の習い」に捉われていることの証で、蚤と詩人と恋人の三位一体の奇想からすれば、彼女のしたことは大罪もいいところだ。しかし現実問題として、蚤の駆除は衛生上必要で、虫一匹の殺生が造作ないのもまた事実。だから「君が僕に身を任せたところで、／失われるのは蚤一匹の死が奪える程度の」「所詮それっぽっちの名誉なのさ」と、詩人は最後で一気にたたみかけるわけだが、誰がこれに口答えできるだろう。

詩はここで終わりだけれど、次の瞬間、ノーがイエスになるのは目に見えている。「蚤」と「恋」の世にも奇妙なリンケージはもちろん、最後に想像の余地まで読者に与える、本当の意味で完璧な詩がここにある。

注

（1）この点については、Andrew Hadfield, "Literary Contexts: Predecessors and Contemporaries" in Achsah Guibbory, ed., *The Cambridge Companion to John Donne*, Cambridge University Press, 2006, pp. 49–64 に詳しい。

（2）ダンの後年の詩風については、Stephen Greenblatt, ed., *The Norton Anthology of English Literature, The Major Authors Edition: The Middle Ages Through the Restoration and the Eighteenth Century*, Norton, 2006, pp. 600–602; Terry Grey Sherwood, *Fulfilling the Circle: A Study of John Donne's Thought*, University of Toronto Press, 1984, p. 231 等を参照。

7

ロチェスター伯爵
ジョン・ウィルモット

恋人

Had you not been profoundly dull,
You had gone mad like me.

Nor censure us, you who perceive
My best beloved and me
Sigh and lament, complain and grieve:
You think we disagree.

Alas! 'tis sacred jealousy,
Love raised to an extreme;
The only proof 'twixt her and me,
We love, and do not dream.

Fantastic fancies fondly move
And in frail joys believe,
Taking false pleasure for true love;
But pain can ne'er deceive.

Kind jealous doubts, tormenting fears,
And anxious cares, when past,
Prove our hearts' treasure fixed and dear,
And make us blest at last.

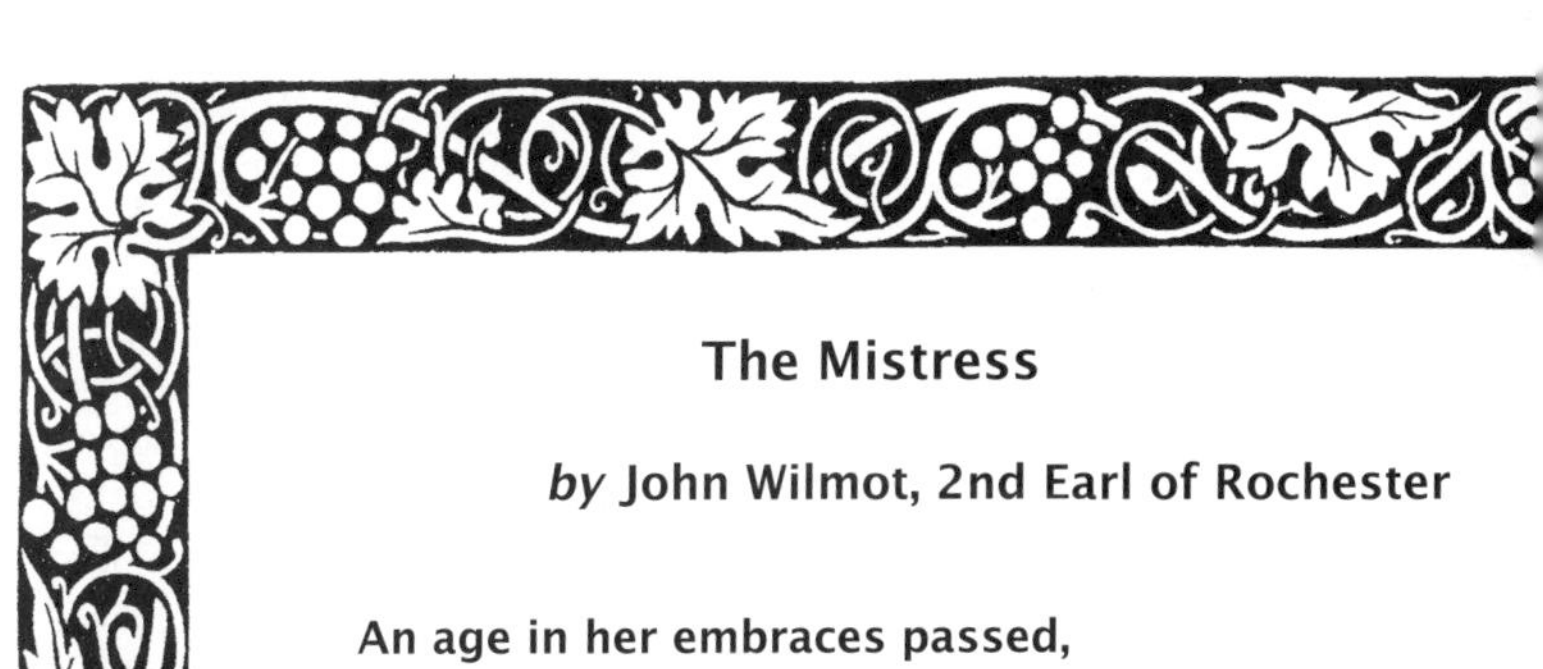

The Mistress

by John Wilmot, 2nd Earl of Rochester

An age in her embraces passed,
Would seem a winter's day;
Where life and light, with envious haste,
Are torn and snatched away.

But oh, how slowly minutes roll
When absent from her eyes,
That feed my love, which is my soul:
It languishes and dies.

For then no more a soul, but shade,
It mournfully does move
And haunts my breast, by absence made
The living tomb of love.

You wiser men, despise me not
Whose love-sick fancy raves
On shades of souls, and heaven knows what:
Short ages live in graves.

Whene'er those wounding eyes, so full
Of sweetness, you did see,

恋人

彼女の腕の中で過ごした時代が、
冬の一日のように思える。
そこでは命と光が、憎らしいほどの速さで
引き裂かれ、もぎ取られていく。

けれど　ああ、時の経つのが何とも遅い
私の愛、私の魂を養い育て　掻き立てる
彼女のあの目なくしては、
弱って　儚(はかな)くなるばかり。

もはや魂ではなく、ただの影、
それが　悲し気にうろついて

この胸につきまとう、あなたなしでは
まるで生ける愛の墓標。

賢明なる諸君、侮るなかれ
魂の影のうえを　荒れ狂う
この恋煩いの幻想を。神様なんぞくそくらえ、
墓場にいるのも束の間よ。

あの　人傷つけてやまぬ二つの目、優しさに
満ちたあの目を　見れば必ず、
ひどく　愚鈍（のろま）でないかぎり、
私のように　気が狂う。

我らを咎めるな、我が最愛の人と
私の　ため息と嘆き、

不平不満と悲嘆とを　知る者よ。
あれは仲違いと　きっと思っているのだろう。

ああ　哀れなことよ！　これは聖なる嫉妬（ジェラシー）、
愛が　極限まで達したのだ。
これは　彼女と私の唯一の関係証明、
しているのは恋、夢は見ていない。

現実離れした幻想が　他愛なく蠢（うごめ）いて、
儚く脆き　喜びを信じては、
快楽と真実の恋を　履き違える。
でも　痛みは決して嘘をつかない。

心からの嫉妬に満ちた疑念、身を苛む恐怖、
気ぜわしい懸念、これらも過ぎ去れば、

愛しく揺るぎない　心の宝、
最後には　我々を浄めてくれる。

＊　＊　＊　＊　＊

■十七世紀のポルノ詩人

色んな詩人の色んな詩を読みこなし、そこそこ数をこなしてくると、たとえ未読の作品であっても、作者が誰それならきっとこんな内容だろうと、あらかじめ目鼻をつけて読みだす（嫌な）癖がつく。

物事の見当がつくのは、べつだん悪いことではない。けれど、手に取って読んだものが己の予想通り、期待通りであったとして、正直、それがいかほどの喜びだというのだろう。そこに覚えるのは、いわば予定調和としての満足感。つまりは期待を裏切られなかったという安心感でしかないかもしれず、これだけをもって読むことの無上の喜びとするのは、どうにも釈然としない。

できることならプラス・アルファ、へぇと目を瞠り、ふーむと唸りたくなる何かが欲しい。毎度毎度でなくていい。時々で構わない。この人がこんなものを書くなんて！　という意外性の発見、良い意味で期待を裏切られる経験がたびたびあれば、わたしたちは読むことをもっと、そしていつまでも純粋に楽しめる。そのひとつの証明になればとのささやかな願いを込め、ここに紹介するのが、十七世紀の貴族詩人ロチェスター伯爵ジョン・ウィルモット（John Wilmot, 2nd Earl of Rochester, 1647～80）の「恋人」（"The Mistress", 1691）という作品である。

冒頭部分を読むかぎり、本作は至極まっとうな恋愛詩。恋人と過ごした日々の慕わしさと懐かしさ、それを行間いっぱいに漂わせて彼女の不在を嘆くという設定自体、ほとんど紋切り型。恋の詩として因習的ですらある。

しかし、作者がロチェスター伯爵ジョン・ウィルモットである以上、この詩がこのまま終わるはずがない。

なぜなら、ウィルモットといえば十七世紀イギリス史にその名を刻んだ放蕩者。あるいは人呼んで「ポルノ詩人」。先に紹介したように、ピューリタン革命と共和政体の樹立および崩壊を経た十七世紀後半のイギリス、正確には一六六〇年に即位し王政復古を果たしたチャールズ二世（Charles II, 1630～85）の宮廷にあって、まずは彼自身、放蕩貴族の代名詞のような存在だった。

たとえば十八歳当時、数多のライバルを出し抜き、財産持ちの美人の令嬢と結婚するべく彼が真っ先に採った手段は、何と誘拐。最終的に無事結婚の運びとなったからまだ良かったものの、ウィルモットには後先考えないで行動するのが身上みたいなところがある。事実この一件で、彼は中世以来の貴顕専用の牢獄であるロンドン塔に放り込まれ、国王チャールズ二世にみずからの非を認め詫びる手紙を書き送ることで、三週間後にようやく放免された[1]。

この誘拐事件ほどではないにせよ、ウィルモットの言動は事あるごとに物議を醸し、それに激怒した国王から年に一度は宮廷への出入り禁止に近い扱いを受けていたという。でも、チャールズ二世は必ず後から彼を許した。調子にのったウィルモットが「我らの王はとっても利口で／その言葉を誰もあてにしやしない／馬鹿なことは一度もいったことがないし／利口なことも一度もいったことがない」と、軽口まがいの即興詩を披露しても、泰然としてそれを受け流したというエピソードもある[2]。それはひとえに、王が彼を気に入っていたから。換言すれば、チャールズ二世の帰国と即位がもたらした新しい時代の申し子、それが歯に衣着せぬウィルモットだったからである。

■チャールズ二世の享楽的な宮廷生活

先代父王チャールズ一世（Charles I, 1600～49）を公開処刑にまで追い込んだ議会最左派主導の激しい革命と、その後十一年間続いた極端に厳格な共和政の世の中。文化史的観点から見れば、それはまごうことなき一種の暗黒時代だった。事実、芝居などあらゆる娯楽を罪悪視するほど狭隘だったピューリタニズムへの反動として、都合十四年間もの亡命生活を強いられた後に訪れ開かれたチャールズ二世の治世と宮廷社会は、王自身の私生活を筆頭として自由で放埒を極めるものだった。最も有名でわかりやすい例を挙げれば、チャールズ二世には公認されていただけで十四人もの愛妾がいたのであり、認知されていない非嫡出子まで含めれば、彼女たちに産ませた子供の数は四十人はくだらない。

文字通りの好色に酒色。唯一の妻を愛するように数多の愛妾たちとベッドを共にし、それに飽きたら変装して夜のロンドンを泥酔するまでうろつきまわる……実のところ、これがチャールズ二世および彼の側近たちの日常だったのであり、わけても王の寝室付き侍従として側近中の側近であったウィルモットは、その当然の帰結としてエロティックな詩を書き散らかしたといっていい。

■エロスと諷刺

なかでも有名なのは「不完全な悦び」("The Imperfect Enjoyment", 1680) と題された詩だ。これはエロティックを通り越し、もはや猥褻としかいいようのない内容。かいつまんでいえば、詩人がみずからの機能不全による性交の不首尾を大いに嘆くというものであって、男のデリケートな性というものが微に入り細に入り語られている。[3] 性の諸々、それも主として情けない部分を、弱強五歩格のリズムでこれほど雄々しく滑稽に表現できる詩人もそうはいないだろう。

こうした「不完全な悦び」のようなポルノグラフィックな作品のみならず、どの詩を読んでも、ウィルモットという詩人の最大の特徴は、エロスの滲むニヒリズムにある。それは生前もっともよく知られていた彼の諷刺詩、その名も「理性と人類への諷刺」("A Satyr against Reason and Mankind", 1670s) の次の詩行を読んでもよくわかる。

人間のような下らない動物に成り下がり
理性とやらを誇るのだけは御免被る。
……………
機知は　月並みの娼婦のように
初めは喜ばれても、所詮後で蹴りだされる。
快楽が消えれば　疑念が襲いかかり
喜んでいた人を　恐ろしい苦痛が追う。

(「理性と人類への諷刺」、六―四十行)

人間の「機知」を最初は良くてもすぐに飽きがくる「月並みの娼婦」に譬え、理性に対する感性の本質的優位を説くこの詩は、実のところ哲学的である以上に文字通り諷刺的だ。というのも、詩の別箇所を借りていえば、訳知り顔で「王を嗜(たしな)め、分別ある者を罵る」(百九十七行)チャールズ二世の宮廷の廷臣たちを、遠慮会釈なく批判するべく書かれたものなのである。

■詩人のもうひとつの相貌

だから、ウィルモットの詩として「恋人」は意外なのである。

すでに指摘したように、出だしこそ常識的な恋愛詩だけれど、はてさて、これからどんな風に皮肉でエロティックな「ウィルモット節」が展開していくのやらと、読者は(変な)期待をしながら先を読み進める。すると、まず第三連の「あなたなしでは/まるで生ける愛の墓標」と詩人が苦し気に呻くあたりで、何かがおかしい……とうっすら気づく。そして続く詩の中盤で、「この恋煩いの幻想を」「侮るなかれ」と、これは「聖なる嫉妬」と、もっぱら愛の苦しみばかりが綿々と綴られてゆき、やがて最終連で、その苦しみ全てが「心の宝」となり、「最後には我々を浄めてくれる」と締めくくられるに至って、これはどうしたことかと、ある種の違和感に襲われるのだ。こんな真面目でまともなウィルモットの詩があるのか? と。

しかし、「理性と人類への諷刺」の引用部分後半をよく見ればわかるように、ウィルモットは「快楽」や「喜び」というものを決して単体で扱おうとしない。それらは「疑念」や「苦痛」と常にセットであって、このことは「恋人」という恋愛詩においても何ら変わらない。

愛は苦しみ。ウィルモットの詩に通底するこのテーマに気づいたとき、わたしたちは遅まきながら、放蕩者で諷刺屋のポルノ詩人とは一味違う、ウィルモットという詩人のもうひとつの貌（かお）、その知られざる本質に触れることになる。

彼の書いた「恋人」は明らかに、恋の喜びを謳うことから始まっている。一緒にいると、一時代さえ一日に思えるほど時は瞬く間に過ぎ、魂が養われるというのだから、間違いない。

でもそのすぐ後から、「あなたなしでは」「弱って儚くなる」だの、「気が狂う」だの、ネガティヴな表現がいくつもいくつも、しつこく追いかけてくるのはどうしたことか。答えはただひとつ。「愛が極限まで達した」証として「聖なる嫉妬」に襲われるのが、詩人にとっての「真実の恋」だからだ。ウィルモットにとって、「痛み」をともなわぬ恋は恋ではなく、「快楽」という名の心地よい「夢」でしかない。

だから、ウィルモットは苦しみから逃げようとしない。むろん逃げようと思えば逃げられるのに、むしろそれを好しとして、ほとんどマゾヒスティックに「嫉妬に満ちた疑念」、「身を苛む恐怖」、「気ぜわしい懸念」にみずから身を投じるのは、おべっかや作り笑いの蔓延する豪奢な宮廷でありとあらゆる「快楽」を嘗め尽くし、もはやそれらを何ひとつ信じられなくなっているから。

■神への帰依

人生にこれほど皮肉なことはないけれど、退廃と放蕩の限りを尽くせば、普通は誰もが避けて通る「痛み」だけが、「決して嘘をつかない」信じるに足るものになる。実際、それをもって自分と恋人の「唯一の関係証明」とし、これは遊びではなく「しているのは恋」なのだと、みずからにいい聞かせずにはいられないほど哀れな男がここにいる。「神様なんぞくそくらえ」と、ひどく瀆神的なことをいいながら、己のこの苦しみをもって「最後には」浄められたいと願ってやまない、弱くて悲しい一人の人間がここにいる。

愛が苦しみなら、いくらでも苦しめばいい。けれど「痛み」しか信じられなくなったら、もう人を愛するのはやめにしておいたほうがいい。誰も彼も救われない。

事実、ウィルモットが最後に救いを求め、最後まで忘れなかったのは、女たちではなく神。長年梅毒を患った末に死の床についた三十三歳の彼が今際の際に望んだのは、聖職者との静かな語らいの時間であって、欲しいままに誰も彼も奪って傷つけ合うばかりの己ひとりの天国ではなく、教会が説く神による救済だった。[4]

注

（1）ウィルモットの人生については、Paul Davis, ed., *Selected Poems: John Wilmot Earl of Rochester*, Oxford University Press, 2013 に付された 'Intoduction' が簡にして要を得ており、参考になる。

（2）'We have a pretty witty king, / Whose word no man relies on, / He never said a foolish thing, / And never did a wise one' in C. E. Doble, ed., *Remarks and Collections of Thomas Hearne*, Vol. 1, Clarendon Press, 1885, p. 308.

（3）「不完全な悦び」の邦訳とウィルモットの小伝としては、小林章夫編訳『エロティカ・アンソロジー』（英国十八世紀文学叢書・六、研究社、二〇一三年）八九—九三頁および二六七—二七一頁が大いに参考になる。

（4）死を目前にしたウィルモットの宗教的帰依については、David Norton, *A History of the English Bible as Literature*, Cambridge University Press, 2000, pp. 172–173; Graham Greene, *Lord Rochester's Monkey, Being the Life of John Wilmot, Second Earl of Rochester*, The Bodley Head, 1974, p. 208 等を参照。

8

ロバート・ブリッジズ

君を行かせはしない

I will not let thee go.
Have we chid the changeful moon,
Now rising late, and now
Because she set too soon,
And shall I let thee go?

I will not let thee go.
Have not the young flowers been content,
Plucked ere their buds could blow,
To seal our sacrament?
I cannot let thee go.

I will not let thee go.
I hold thee by too many bands:
Thou sayest farewell, and lo!
I have thee by the hands,
And will not let thee go.

I Will Not Let Thee Go

by Robert Bridges

I will not let thee go.
Ends all our month-long love in this?
Can it be summed up so,
Quit in a single kiss?
I will not let thee go.

I will not let thee go.
If thy words' breath could scare thy deeds,
As the soft south can blow
And toss the feathered seeds,
Then might I let thee go.

I will not let thee go.
Had not the great sun seen, I might;
Or were he reckoned slow
To bring the false to light,
Then might I let thee go.

I will not let thee go.
The stars that crowd the summer skies
Have watched us so below
With all their million eyes,
I dare not let thee go.

君を行かせはしない

君を行かせはしない。
ひと月にわたる僕らの恋が　これで終わり？
そんな風に　締め括れるのか、
キスひとつで　終わりにできるのか？
君を行かせはしない。

君を行かせはしない。
言葉通りに行動せねばならぬというのなら、
南からの優しい風が　羽根のような
種子を　高らかに舞い上げるように、
その時は　君を行かせるかもしれないけれど。

君を行かせはしない。
もしも偉大な太陽が見えなくなったら、そうするかもしれないけれど。
あるいは　太陽の光に　ゆっくり
不実が忍び込んだと感じたら、
その時は　君を行かせるかもしれないけれど。

君を行かせはしない。
夏の夜空に群がる星たちが
百万の目を光らせて
はるか下方の僕らを見張っているから、
いまさら　君を行かせはしない。

君を行かせはしない。
気まぐれな月が　顔を出すのが
遅すぎると、そして消えるのも

早すぎると　もしも窘(たしな)められたら、
君を行かせようか。

君を行かせはしない。
まだ現れたばかりの花が　焦れて
蕾が花開く前に　摘み取られ、
僕らの秘蹟を封じるのか？
君を行かせることはできないよ。

君を行かせはしない。
たくさんの絆で　君を繋ぎとめて離さない。
君はさよならを口にするけど、これを見ろ！
僕は　両手で君を抱きしめて、
君を行かせない。

＊　＊　＊　＊　＊

■詩的稟性としての宗教性

日々のふとした瞬間、あるいは人生の最期のあたりで、どうしようもなく明らかになってしまうもの。それを世間では「本性」と呼ぶ。その人の生まれ持った性質、本来的志向性というのは、いくら気張って装ってみせたところで、そうそういつまでも隠しおおせるものではない。

前章で紹介した十七世紀の詩人ロチェスター伯爵ジョン・ウィルモット然り、ウィルモットの仕えた国王チャールズ二世（Charles II, 1630〜85）然りである。ただ、前者と後者の似て非なる点は、改宗の事実。チャールズ二世は臨終に際し、カトリックの証である終油の秘蹟を受けた。

そのまま本人が崩御したことで大きな問題には発展しなかったものの、イングランド国王が国教の信者でないことを表明するなど、本来なら言語道断。やはりカトリックだった彼の弟の次代国王ジェームズ二世（James II, 1633〜1701）は、うかつにも即位前からそれを明らかにしていたがために、後に議会からの圧力で泣く泣く退位するに至った（＝名誉革命）。

けれどチャールズ二世のように、王が王としての義務一切から解放される「死」という瞬間を前にして、一人の人間として己に正直になったところで、最終的には誰にも責められやしない。

同様に、詩人が詩人としてみずからを解き放つ詩作という場面において、絶えず何らかの宗教性を晒し続けるなら、それはもちろん何ら責められるべきではないし、読者はむしろそこから決して目を背けるべきではないだろう。それこそはその詩人の本性、すなわち詩的稟質として重々しく受け止めるべきものだ。

この意味で、一見そうとはわからないほどただならぬ深い宗教性を称える詩人として、ここで改めて紹介しておきたいのが、十七世紀からぐっと下って二十世紀初頭の桂冠詩人だったロバート・ブリッジズ（Robert Bridges, 1844～1930）である。

■絶対に別れない！ という神託

彼の恋の詩は切ない。「君を行かせはしない」（"I Will Not Let Thee Go", 1890）はご覧のとおり、胸締め付けられるようなリフレインを呪文のように繰り返し、別れを匂わせる恋人をほとんど力づくで引き留めようとする内容だ。けれどよく読んでみれば、そこかしこに色恋を超えた何かが滲む。

たとえば第三連。万一「太陽が見えなくなったら」、君を諦めてもいい、というくだり。あるいは第五連。「月」が出るのが「遅すぎる」とか、「消える」のが「早すぎる」とか、もしも人間の立場で「窘めて」もいいというのなら、君を手放してもいいというくだり……。

　わかる人にはわかるだろう。運命の不可避を「太陽」と「月」に背く不可能に譬えるこの詩文は、明らかに聖書のそれを彷彿とさせる。具体的には、旧約聖書「ヨシュア記」(Book of Joshua) の第十章十三節、「民がその敵を打ち破るまで、日はとどまり月は動かなかった (And the sun stood still, and the moon stayed, untill the people had avenged themselves upon their enemies)」という有名な一節を想起させるのであって、これは戦に向かうイスラエルの指導者ヨシュアの勝利が、神によってあらかじめ約束されていることを示す文言である。日々昇っては沈む「太陽」と「月」が、ヨシュア率いるイスラエルの民が勝つまでは「動かなかった」というのだから、そう解釈するよりほかはない。

　したがって、ブリッジズの詩における「太陽が見えなくなったら」や、月の出の早い遅い云々もまた、あってはならないことの譬えとして用いられているのであり、同様に二人の別離もありえず恋の成就はあらかじめ約束されているのだと、詩人は神託めいた宣言を下しているのである。

■「結婚」という秘蹟

これだけではない。最終連の手前に位置する第六連には、「秘蹟 (Sacrament)」という決定的な言葉が登場する。これは正確にはカトリックの教会用語なのだけれど、事実上宗派を問わずキリスト教世界全体に通底する非常に重要な概念のひとつで、聖職者による儀式を通じ、神より人に与えられる恵みのことを指す。[1]

秘蹟の種類と数、その意義や位置づけについては宗派により細かい違いがあるが、古来カトリック教会が定め、今日ではイングランド国教会も認める伝統的秘蹟は、かつてチャールズ二世も与った終油のそれを含めて、全部で七つ。[2]なかでも、最も身近でわかりやすいのが「結婚」だ。「まだ現れたばかりの花が」「蕾が花開く前に摘み取られ」、「僕らの秘蹟を封じるのか」。ブリッジズのこの詩行は、恋の幸福な成就としての結婚を含めた諸々の恩恵を神から授かる前に、つまりは、さあこれから一緒に幸せになろうという時に「君を行かせることはできないよ」と、優しく諭すように、けれど頑として別れを拒む言葉なのである。

優しく甘く、でも初めから何かを確信している人間特有の、譲らぬ強さのある言葉。「君を行かせはしない」という詩の魅力は、まさにこれに尽きる。が、それはもちろん、ブリッジズという詩人の魅力であり、個性でもあることは改めていうまでもない。

■詩作と讃美歌

まず、彼の詩作の核には信仰という名の強い確信が存在する。「君を行かせはしない」が収録されている初期の代表的詩集、『小品集』（*Shorter Poems*, 1890）が二篇のエレジー（鎮魂歌）で幕を開け、そのまま死や神をテーマとする作品が少なからず続くことからいっても、それは自明だろう。

くわえて特筆すべきは、讃美歌との深い関わりだ。

ブリッジズは元々医者だったが、四十を前に肺の病を得て、イングランド南部バークシャーのヤッタンダンという小さな村で転地療養の日々を送ることになる。そこで毎週通うようになった教会の讃美歌レパートリーがあまりにお粗末だったため、みずから筆を取り、有名な讃美歌をドイツ語から訳すなどして『ヤッタンダン讃美歌集』（*Yattendon Hymnal*, 1899）なるものを作ってしまったのである。

単純に考えても、これは信仰心のある人間でないとできる芸当ではないし、ブリッジズが英語に訳したヨハン・セバスチャン・バッハ（Johan Sebastian Bach, 1685~1750）作「主よ、人の望みの喜びよ」（“Jesu, Joy of Man’s Desiring”, 1723）等の讃美歌群は、二十世紀を跨いで二十一世紀の今でもイギリスで歌い継がれている。この一点をもってすでに、詩人の信仰世界への傾倒と貢献は多大であり、世間一般の俗人のレベルなどは軽く超えているといわねばならない。

■韻律の研究

しかし、こうした宗教性とは別に、ブリッジズという詩人を語る上で絶対に忘れてはならないことがひとつある。彼の詩の目に見えない核がその信仰にあるなら、目に見えるレベルでその詩を形作り洗練させているのが、詩法の研究であるということだ。

「君を行かせはしない」という詩、その言葉のひとつひとつが、誰の目にも耳にも強く優しく響くのはなぜか。もちろん毅然とした内容のせいもある。けれどそれと同じくらい、あるいはそれ以上に、押韻が完璧なせいでもある。

具体的に説明すると、まず見てのとおり、「君を行かせはしない」は一連が五行から成る五行連詩。そして原文の行末に目を凝らせば、各連がａｂａｂａと一行ごとに完璧に韻を踏んでいる。客観的かつ物理的にいえば、本詩の美しさはかなりの部分、この押韻から生まれているのであり、五行の構成と韻の踏み方から判断すれば、ブリッジズが用いているのは「シチリア風五行連（Sicilian Quintain）」と呼ばれるものである。

ただし、シチリア風五行連詩にはもうひとつ決まりがあって、一行内で弱強のアクセントによるリズムパターン（詩脚）を五回繰り返す例の弱強五歩格の韻律を伴うことになっている。が、詩の一行目からして、すなわち本作の命ともいうべき肝心の I will not let thee go のリフレイン部分がすでに、これに当てはまらない。どう数えても、弱強の詩脚は全部で三つで、ここは弱強三歩格だ。

でも、それでいいのである。韻律は法律ではない。決して守らねばならないものではなく、絶対にこうであらねばならないということもない。事実、ブリッジズは『ミルトンの韻律法』（*Milton's Prosody*, 1921）なる研究書を著した学究肌の人物でもあり、十七世紀の詩聖とも称えられたジョン・ミルトン（John Milton, 1608～74）が、自作の抒情性を高めるために一部例外的に韻律を崩すことがあったという事実を突き止めた[3]。また本書第二章で取り上げたジョン・キーツについても批評研究を一冊（*John Keats, a ciritial essay*, 1895）ものしていて、初期に凝っていたイタリア風ソネットを止めてシェイクスピア風ソネットに移行した結果、キーツはソネット作者として成功したのだと看破している[4]。

■自由な韻律の実践

このように、過去の詩人たちの詩法研究に余念のなかったブリッジズ自身、詩においてはまず音節を重視すべきと常々考えていた。これは、英語という言語自体が持つアクセントの仕組みに捉われすぎることを危惧しての詩論。第四章のトマス・キャンピオンのくだりでも指摘したように、子音に比べ、母音の数が圧倒的に少ないのが英語である。その数少ない母音を中心とした音節を意識することで、韻律がところどころ不規則になっても、結果的に詩の流れを型に嵌めることなく、内容に沿って自在に操れると踏んでのことだ。

つまるところ、書かれている言葉とその意味に素直に従うことのできる自由な韻律にこそ、普段の自然な言葉づかいに近い詩美が宿る。ブリッジズはそう考え、八十五歳で著した哲学詩『美の遺言』(*The Testament of Beauty*, 1929) でもそれを実践したし、同じ問題意識を共有していた親友の詩人、ジェラルド・マンリー・ホプキンズ (Gerard Manley Hopkins, 1844~89) の遺稿を整理して世に送り出しさえした。

もっとも、それは友人の死後二十九年も経ってからの話で、しかも、ホプキンズの詩にブリッジズが少々手を入れてしまったのは有名な話。[5] ために彼は桂冠詩人でありながら、いささか過小評価されてきたきらいもある。あるいは周囲を見渡せば、第一次世界大戦を契機にルパート・ブルック (Rupert Chawner Brooke, 1887~1915) やトマス・スターンズ・エリオット (Thomas Stearns Eliot, 1888~1965) ら時代の寵児ともいうべき新手の詩人が後から後から現れて、その存在が否応なく翳(かす)んでしまったというべきか。

しかし、恋の喜びを秘蹟と謳うブリッジズの詩は、今もこうして強く優しく響き渡る。理論と実践ふたつながらに追求されたその詩美に嘘はなく、やはり「本物」の詩人がここにいる。

注

（1）Catechism of the Catholic Church, Part 2, Section 2: The Seven Sacraments of the Church, 1210 and 1211.
（2）洗礼（Baptism）、堅信（Confirmation）、聖体拝領（the Eucharist）、懺悔（Penance）、臨終塗油（the Anointing of the Sick）、聖職叙任（Holy Orders）、結婚（Matrimony）の七つ。
（3）Robert Bridges, *Milton's Prosody*, Oxford Clarendon Press, 1921, Chap II: an Account of the Metrical System of Samson Agonistes, pp. 30–46.
（4）Robert Bridges, *John Keats, a critical essay*, Privately Printed（Lawrence & Bullen）, 1895, pp. 65–66.
（5）この問題について詳しくは Jean-Georges Ritz, *Robert Bridges and Gerard Hopkins, 1863 –1889: A Literary Friendship*, Oxford University Press, 1960 を参照。

9

ベン・ジョンソン

シーリアへ

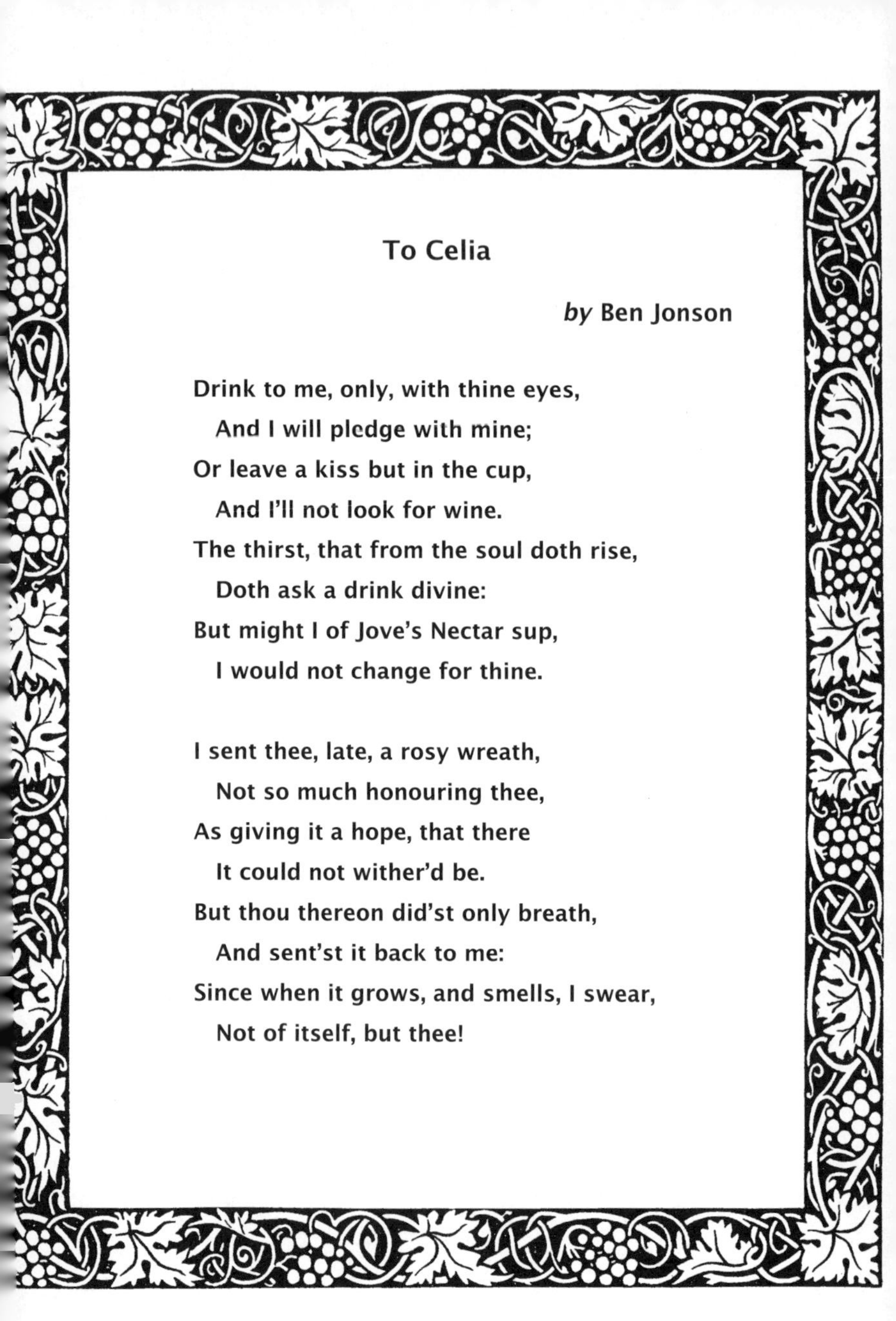

To Celia

by Ben Jonson

Drink to me, only, with thine eyes,
   And I will pledge with mine;
Or leave a kiss but in the cup,
   And I'll not look for wine.
The thirst, that from the soul doth rise,
   Doth ask a drink divine:
But might I of Jove's Nectar sup,
   I would not change for thine.

I sent thee, late, a rosy wreath,
   Not so much honouring thee,
As giving it a hope, that there
   It could not wither'd be.
But thou thereon did'st only breath,
   And sent'st it back to me:
Since when it grows, and smells, I swear,
   Not of itself, but thee!

シーリアへ

ただその目で　僕のために乾杯を、
　僕もこの目で乾杯する。
それとも　カップにキスだけ残してくれたら
　ワインなんかもういらない。
魂からくる渇きだから、
　欲しいのは聖なる一杯。
でも　たとえ全能神の美酒を出されても、
　君のには代えられない。

こないだ　薔薇の花環を贈ったけれど、
　あれは　礼を尽くした、
というよりも　君の傍なら

萎れることもないと思って。
けれど　ただ吐息ひとつ　吹きかけて、
君はそれを返してきたね。
以来　薔薇は育って　香りを放つ、誓って
言うが、これは花じゃなく　君の香り！

＊　＊　＊　＊　＊

■文壇の大御所

君の瞳に乾杯！

恋人たちの「目」と「乾杯」という仕草の相関、つまりはこっちを向いて！　という無言のアピールである「眼差し」と、喉の渇きを癒す飲酒という行為に象徴される「欲望」とを結びつける表現の歴史そのものは、どうみてもかなり古い。少なくとも、ここに紹介する「シーリアへ」（"To Celia", 1616）という詩が「その目で　僕のために乾杯を」と始まっているのはご覧の通りで、作者のベン・ジョンソン（Ben Jonson, 1572～1637）は、第四章で紹介したトマス・キャンピオン同様、シェイクスピアの同時代人。シェイクスピアの死後初めて出版された作品集、いわゆる「ファースト・フォリオ」（First Folio［正確には *Mr. William Shakespeare's Comedies, Histories & Tragedies*］, 1623）で追悼文を書いたことでも知られる人物である。

つまるところ、その任を振り当てられるほどに、ジョンソンは当時の文壇におけるビッグネームだったのであり、ついでながら付け加えれば、王室から正式に年金を下賜された最初の桂冠詩人でもある。そのうえ、当代一の建築家イニゴ・ジョーンズ（Inigo Jones, 1573～1652）とともに「マスク（Masque）」と呼ばれる宮廷仮面劇（前半はプロの俳優が台詞中心に演じ、後半になってから君主自身が登場して大団円となる宮廷内の余興）を発展させた劇作家兼演出家でもあった。

■視線と欲望の相関

そういう御仁が、互いに目と目で乾杯しよう、さすれば酒など要らぬ、とみずからの詩で謳い出し、それが今日まで読み継がれている以上、人間の視線と欲望の相関を匂わす文学的表現は、どう少なく見積もっても、イギリスでは十七世紀から一種の常套手段と化してきたのだろう。

ただし、シェイクスピアの追悼文中、当の故人に対し、あろうことか small Latin and less Greek すなわち「ラテン語は少し、ギリシャ語はほんの少ししかできなかった」と宣った（が、それでも彼の作品は偉大なのだと、最終的には褒め称えている）ほど、ジョンソンがギリシャ・ラテンの古典文学に明るかったのは自他ともに認めるところ[1]。そして「シーリアへ」の大部分は、実のところ彼のその学識から生まれたものであって、三世紀ギリシャの哲学者、フィロストラトス（Lucius Flavius Philostratus, c. 170～247）の『恋文』（*Epistolae*, or *Love Letters*, 3rd century）の一部をほぼ英訳したものであることがわかっている[2]。さらに紀元前までさかのぼれば、古代ギリシャの悲劇詩人アガトン（Agathon, c. 448～c. 400 BC）作ともいわれる「愛は眼差しより生まれる（Love from a glance）」ということわざもあるのであって、我ら人類の恋愛考における視線と欲望の不可分性は、十七世紀どころか今からゆうに二千年以上も昔から、おおいに幅を利かせていたと考えたほうがよさそうだ[3]。

換言すれば、「シーリアへ」は紀元前より続く視線と欲望の恋愛哲学の系譜に連なる作品。あるいはその伝統を継ぐべく、ジョンソンというルネサンス末期の碩学により、ギリシャ語から英語へと焼き直された恋愛詩というわけである。

■言葉の多義性

ただし、単に焼き直しというと語弊があって、ジョンソンのしたことは、正確には翻訳ではなく翻案。書簡体から詩への作り変えであり、これは一見簡単そうに見えて手こずる作業の代表格。誰にでもそうやすやすとできることではない。

試しに自分でやってみればわかる。英語であれ日本語であれ、詩もしくは和歌や俳句から散文へのパラフレーズは、古典の素養と学識がある程度あれば、文章を書ける人間にとって決してそんなに難しい作業ではない。

しかし逆は違う。結構な文才があっても、詩以外の様式で記述された文章を完成度の高い詩にするのは難儀なこと。

文章の余計な枝葉を切り落とし、表現を研ぎ澄ませばそれで済むわけじゃない。そんなことで詩になるはずもない。

まず求められるのは、用いる言葉の多義性である。これこそは最低限の言葉数(かず)で最大限の表現を可能にし、無限とはいえないまでも多種多様な解釈を誘うもの。そのために具体的に必要とされるのは、暗喩や象徴の効果的使用。つまりは言葉としてそれ自体キラリと光り、多義的な広がりをも併せ持つモチーフの選択だ。

第二章で紹介したキーツの「輝く星よ」が良い例で、たとえば「星」という一つの可視的物体、いわば文字通りのキラーワードが、恋人や生への渇望、そして限りなく永遠に近い不動性など不可視の概念をいくつも同時に内包するというシンボリズムを用いなければ、座りよく無駄のない言葉で多くを伝えることなどできやしない。ジョンソン作「シーリアへ」も同様で、冒頭から「目」による熱視線がそれ自体、欲望という別の概念を初めから孕んでいるのはすでに繰り返し指摘してきたとおり。さらに五行目にきたところで、その欲望が「渇き」という感覚と結びつけられ、それによっていつの間にか精神的渇望へと昇華されている点が、この詩のひとつの読みどころである。

互いの「目で乾杯」し、もしくは「カップにキスだけ残してくれたら　ワインなんかもういらない」——。せっかく初めに飲酒のイメージを提示しておきながら、「もういらない」と、突然プイと気が変わったかのように途中でそれをふいにするのは、「キス」に象徴される彼女の愛を得られたら、アルコールが与える一過的陶酔などより、もっと強く深い感覚的喜びが待つと信じて疑っていないから。

そしてもうひとつ。おそらくは、良い意味で読者の期待を裏切るため。程よいワインの酔いで相手の気持ちをほぐしたその後で、当然続くと読者の誰もが期待する欲望の性的充足を示唆する詩行を避けるためである。

事実五行目で、語り手は自らの欲望を、これは「魂からくる渇き」だからと敢えてきっぱりいい直し、愛の証の「キス」だけ盃に残してくれればもう十分、求めるのは貴女の心であって躰ではないと暗に主張している。

だが、騙されてはいけない。これはもちろん方便、つまりは嘘だ。実際「魂」うんぬんのすぐ後、その舌の根も乾かぬうちに、たとえ「全能神の美酒」を目の前に出されても「君の」を選ぶ、欲しいのは貴女という「聖なる一杯」なのだと詩人はうそぶく。「渇き」という切羽詰まった欠乏感を癒し潤すイメージが根底に横たわっている以上、清らかな精神的希求を装いながらその実、これが非常にセクシャルな求愛であることはいうまでもない。

■薔薇のイメジャリー

そのことを決定的に裏付けるのが、後半の第二連である。

これまでの「目」や「ワイン」とうってかわり、詩の後半を支配するのがもっぱら「薔薇」のイメジャリーであることは、もはや誰の目にも明らかだろう。しかも「薔薇の花環を贈った」といっているのだから、目と目で乾杯を！　の前半部分より、求愛行為としてずっとストレートでわかりやすい。たとえていうなら、変に恰好つけてばかりいた男性が、何だかここにきてようやく本音を曝け出してくれたような気分だ。

というのも、薔薇といえばイギリスはおろか、全世界における絶対的な愛のシンボル。そのうえ、この薔薇はありふれた花束ではなく花環で、すなわち円環の形状で贈られているのである。

洋の東西を問わず、なかんずくヨーロッパでは今から軽く三千年はさかのぼる古のケルト文明の時代より、切れ目なき円環は常に永遠の象徴として機能してきた。したがって、「君の傍ら／萎れることもないと思って」と、女性に薔薇の花環を贈るというのは、永遠の愛の誓い以外の何物でもない。

問題は、それが突き返されてきたということ。「ただ吐息ひとつ吹きかけて、／君はそれを返してきた」といっているのだから、シーリアはにべもなく求愛者を袖にしたことになる。

■香りは恋の記憶装置

でも、本当にそうだろうか?

実はこの第二連、薔薇のイメジャリーが支配する後半部分こそは、ジョンソンが過去のギリシャ古典文学、フィロストラトスの『恋文』を最大限に活用したところである。そのことは、次の引用を一読すれば誰の目にも一目瞭然。ついでに、ジョンソンの詩の最後で薔薇が突き返されてきた意味と理由もよくわかる。

ベッドにも薔薇の花を撒き散らしたというのはいいね。贈り物を受け取った側の喜びは、贈り主に対する明らかな好意の表れであり、あの薔薇たちを通じて私もまた君に触れることになる。薔薇というのは艶っぽくて狡くて、みずからの美の使い道を知っているものなのだよ。ただ、黄金の雨がダナエを圧倒したごとく、[4] 君も就寝時にはあの薔薇の花たちに圧倒され、実際には落ち着かなかったのではないだろうか。もしも君が恋人の願いを聞き入れてくれるというのなら、ベッドの薔薇の残りを少し返しておくれ。花たちは今頃さぞや芳香を放っているだろう、薔薇だけじゃなく、君の香りも。

（『恋文』第四十六書簡）

「花たちは今頃さぞや芳香を放っているだろう、薔薇だけじゃなく、君の香りも」。フィロストラトスの本書簡の最後を締めくくるこの一節には、もはや完全なる既視感しか覚えない。ジョンソンの「シーリアへ」の最後二行と、いっていることが全く同じだ。誰がどう見たって、「シーリアへ」の後半部分の筋と核を為す薔薇のイメジャリーは、フィロストラトスが美男子に宛てた体裁で綴られている本書簡の内容に基づいている。

となれば、シーリアがプレゼントされた薔薇を返してきたのは、脈がないからではない。むしろその逆。というよりそれ以上。

彼女は、恋人への心づくしの返礼として、自分の「吐息ひとつ吹きかけて」花を贈り返してきたのである。この場合、むろん「吐息」は「キス」の代わりで、フィロストラトスの言葉を借りれば「明らかな好意の表れ」。そして同じく、あくまでフィロストラトスの先行作品に基づいて解釈を続行するなら、「これは花じゃなく、君の香り！」という「シーリアへ」の最後の一行は、おそろしくエロティックで意味深長な締めのフレーズとしかいいようがない。

なぜなら、返されてきた薔薇はある意味ベッドで「使用済み」なのであって、愛しい人の傍近くにいて初めて知り、あるいは実際に触れてみて初めてわかる、その髪や肌の匂いを潤沢に伝えるものなのだ。しかもフィロストラトスと違ってジョンソンの「シーリアへ」の場合、贈られたのは正確には「花環」なのである。ビロードのような手触りの花弁が幾重にも重なり広がる薔薇という花のそもそもの形状、それが何十本とさらに複雑に編み込まれて形成される「花環」。真ん中にぱっくりと穴の開いたその形態を、ことさら意識するならば、薔薇で作られた円環はすなわち、女性の体の奥深くの秘められた箇所をおのずと意味する。

むせかえる薔薇のような「君の香り」。それは射るような眼差しより、共に味わったワインより何より、強烈な記憶装置。一度覚えてしまったら、ちょっとやそっとでは忘れられない……そんな香りが、永遠の恋の記憶になってゆく。

注

（1） Ben Jonson, "To The Memory of My Beloved the Author, Mr. William Shakespeare and What He Hath Left us" in the Preface of *First Folio*（1623）; Thomas Whitfield Baldwin, *William Shakespeare's small Latine & lesse Greeke*, 2 vols., University of Illinois Press, 1944.

（2） この点は John Freeman Milward Davaston, Letter in *The Monthly Magazine* 39, 1815, pp. 123–124 において最初に指摘された。

（3） Andrew Walker, "Eros and the eye in the Love-Letters of Philostratus," *Proceedings of the Cambridge Philological Society*, 38, 1993, pp. 132–148.

（4） 古代ギリシャ神話の全能神ゼウスが、黄金の雨に姿を変えて、アルゴスの王女ダナエと交わったことを指す。

10

トマス・ワイアット

狩りをしたいのは一体誰だ

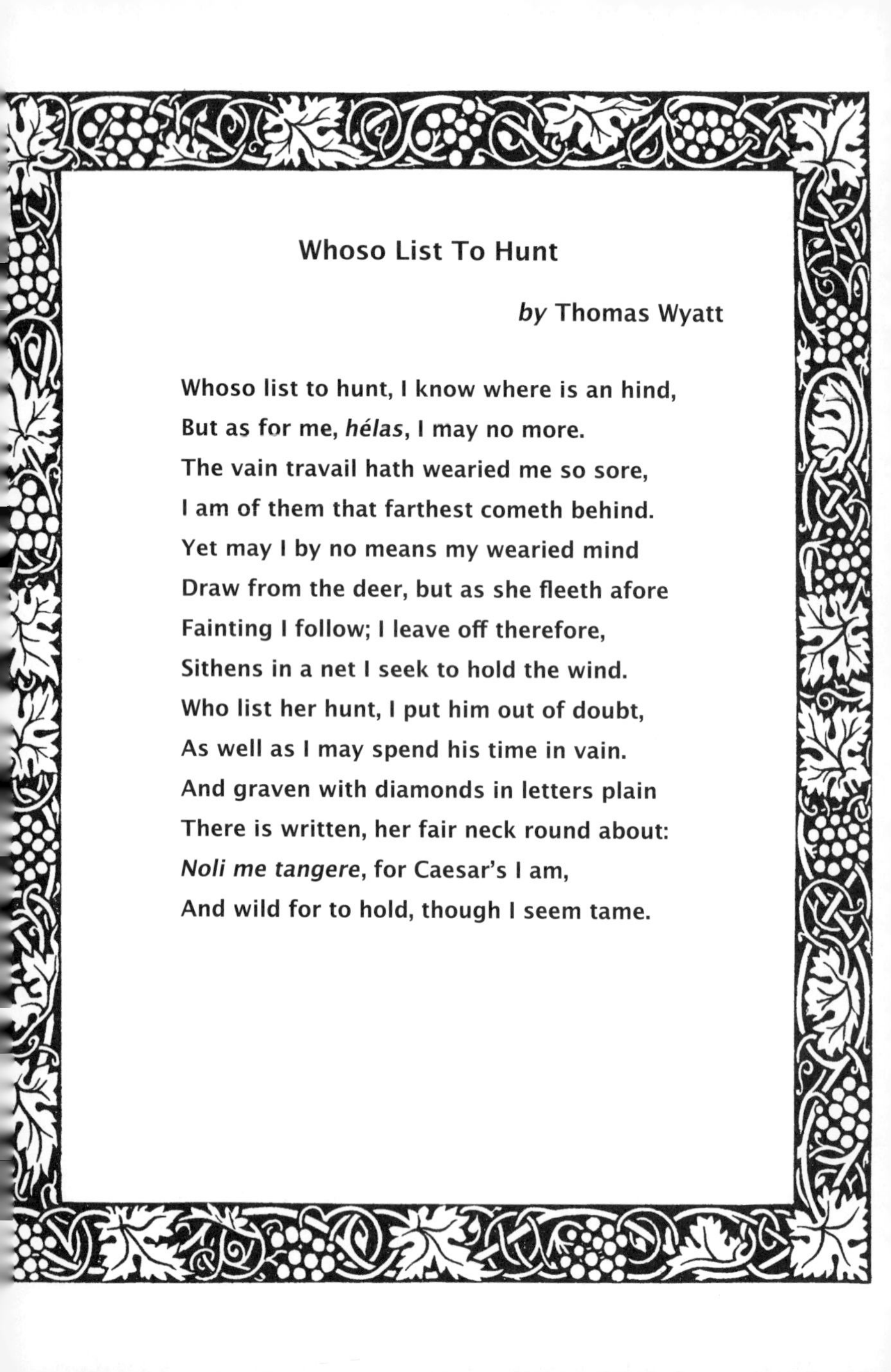

Whoso List To Hunt

by Thomas Wyatt

Whoso list to hunt, I know where is an hind,
But as for me, *hélas*, I may no more.
The vain travail hath wearied me so sore,
I am of them that farthest cometh behind.
Yet may I by no means my wearied mind
Draw from the deer, but as she fleeth afore
Fainting I follow; I leave off therefore,
Sithens in a net I seek to hold the wind.
Who list her hunt, I put him out of doubt,
As well as I may spend his time in vain.
And graven with diamonds in letters plain
There is written, her fair neck round about:
Noli me tangere, for Caesar's I am,
And wild for to hold, though I seem tame.

狩りをしたいのは一体誰だ

狩りをしたいのは一体誰だ、雌鹿の居場所なら知っている！
だが私は、ああ、私ならもう結構だ。
無駄な努力で　あんまり疲れ果てたから
一番後からついていく。
けれど　疲れ果てたこの心は
けっして　あの鹿から離れはしない、目の前を逃げていけば
無駄と知っていても　私は追う。が、もう止めにする、
網で風を捕まえるようなものだから。
誰だ　狩りをしたいのは、その男はきっと
私同様　時間を無駄にするけれど。
ダイアモンドの文字たちが　彼女の首の周りで
はっきりと告げている、

「ノリ・メ・タンゲレ(触れてはならぬ)[1]、私はカエサルのもの[2]、抱きしめたら暴れてやります、おとなしそうに見えるけど。」

＊　＊　＊　＊　＊

■宮廷人として

「すまじきものは宮仕え」とはよくいうが、これはあくまで条件付き。当たり前だが、まずは食べていけるなら。そして詩人なら、という限定詞も外せない。

なぜなら、詩的表現とは自由そのもの。字数や詩脚の数、押韻の順序など諸々の規則はあれど、これまで述べてきたようにそれらは絶対順守のルールではなく、敢えて破っても構わない。くわえてあらゆる散文同様、内容と主題に関しては全くの自由。とりわけ感情の流露としての抒情詩は、小説や評論がおのずと背負いがちな読者への説明責任(説明的描写や論理的言説)を一切免れる。いってみれば、何ら背負うべきものも拠って立つべきものもなく、己の心ひとつという異次元の自由を糧とし彷徨う者、それが詩人だからだ。

その詩人と宮仕えは本来ミスマッチもいいところで、組織や誰かにお仕えするということは、多かれ少なかれ何かに縛られ、己を殺しながら生きるということにほかならない。

　しかし生身の人間である以上、何にも縛られぬ人生などありえない。ゆえに、本質的にはミスマッチの詩人と宮仕えではあるけれど、現実問題として、この二つの折り合いをつけることでしか生きられなかったのが古の宮廷詩人たちだ。その一人が、イギリスにおけるソネットの父とも称されるトマス・ワイアット（Thomas Wyatt, 1503～42）である。

　文学史的観点からは、とかくワイアットは詩人と宮廷人の二足の草鞋を履いていたように扱われがちだ。が、それはちょっと違う。時の国王、ヘンリー八世（Henry VIII, 1491～1547）の宮廷に十三歳で伺候するようになったワイアットは、詩人である以前に生粋の宮廷人。父親は国家の最高意思決定機関である枢密院のメンバーで、彼は男子としてこの世に生まれ落ちたその瞬間から、王の良き廷臣となるべく最高の教育を受けて育った。

■最高の教養の証としての詩の翻訳と創作

　十六世紀ルネサンス期における最高の教育とはすなわち、武芸と文芸の文武両道の実践。とりわけ文芸においては、古典と音楽、数か国語の習得を指す。そもそも、イギリス文学史における詩人ワイアットの最大の功績は、サリー伯ヘンリー・ハワード（Henry Howard, Earl of Surrey,

1517～47）と共に、中世イタリアの詩人ペトラルカ（Francesco Petrarca, 1304～74）の手による十四行の定型詩ソネットを本格的に紹介し、英語でのソネット創作と併せて大いに広めたことにある。だが、これは中世のペトラルカはもちろん、遡って古代ローマのセネカ（Lucius Annaeus Seneca, c. 4 BC～65 AD）やホラティウス（Quintus Horatius Flaccus, 65～8 BC）まで読みこなしていたワイアットだからこそできたことでもある。

詩の才能は天与の部分が大きいとはいえ、実のところ学識で補える部分もかなりある。たとえば同じ詩人、もしくはソネット作者として、ワイアットよりはるかに知名度も評価も高いのが三世代ほど下のシェイクスピアだが、前章でも紹介したとおり、追悼文の中で「ラテン語は少し」しかできなかったと言及されている彼に、果たしてワイアットと同じ真似ができただろうか。

残念ながら、とても無理。というより、詳しくは後述するように、ペトラルカ風ソネットの英語適用ヴァージョンとして発達した側面のあるシェイクスピアのソネット自体、半世紀以上前にワイアットがイタリア由来の十四行詩を英語で紹介してくれたから存在するのである。

つまり、その高い学識ゆえに、ワイアットはソネットというそれまでイギリスには存在しなかったタイプの海外の詩にいちはやく親しんだ。くわえて背も高く外見にも健康にも恵まれていた彼が、やがて教養と洗練という最大の武器を引っ提げ、腕利きの外交使節として活躍するようになるのにそう時間はかからなかったといっていい。

したがってワイアットの本分、生業はあくまで王の臣(おみ)たることで、その詩才は詩人としてというより、宮廷人として望みうる最高の教養の証として折に触れ発揮された。そう表現するのが、たぶん一番正しいのだろう。

事実、彼の詩は生前にまとまった形で出版されることはなかった。それに死後十五年経って、エリザベス一世（Elizabeth I, 1533～1603）の時代に世に出たアンソロジー『ソネット歌集』（*Songs and Sonnets*, 1557）に収録された全九十七篇の彼の詩の多くは、ソネットという形式のみならず主題の面でも、ペトラルカに甚だしく依拠している。

この意味では、翻訳と創作をふたつながらに行う人間ならではの、アイデンティティとオリジナリティの問題がワイアットにも常につきまとう。しかし、彼の詩に二番煎じの安っぽさや、どこかで何かを借りてきたような薄っぺらい表層性は微塵も感じられない。代わりに一読してたちまちわかるのは、他の誰でもない己自身の言葉で語られた、とても個人的で複雑な事情と感情がそこにあるということ。少なくとも、ワイアットのソネット「狩りをしたいのは一体誰だ」（“Whoso List To Hunt”, 1522～1533?）とは、そういう詩だ。

■ペトラルカの換骨奪胎を超えた「逡巡」

「狩りをしたいのは一体誰だ」は明らかに、ペトラルカの抒情詩集『カンツォニエーレ』(*Il Canzoniere*, 1350)の第百九十番「白い雌鹿」("Una Candida Cerva")に基づいている。

思うようにならない恋人を雌の鹿になぞらえ、狩人となって彼女を追うという設定からしてそうなのだが、詩の幕開けは、ワイアットのほうがはるかにドラマティック。狩りをしたい奴はいるか、いるなら雌鹿の居場所を教えてやるぞ! といっているのだから、「黄金の二本の角もつ/白い雌鹿が私のもとに現れた[3]」という状況描写から始まるペトラルカの詩とは、読者の煽り方がまるで違う。彼女を射止められるなら射止めてみろ、やれるものならやってみろ、といわんばかりの挑戦的な出だしである。

しかし、詩人はすぐに心挫けて弱気になり、己の不安定ぶりを露呈する。「私ならもう結構」と、はやくも二行目で恋のレースからの脱落宣言をしたかと思えば、やはり「疲れ果て」ても「あの鹿から離れはしない」、「無駄と知っていても私は追う」と、五行目から七行目にかけて翻意しているのだ。

諦めようとしても諦めきれない、揺れに揺れる男ごころの表出がここにある。そして、これ以上追っても「無駄」と頭でわかっていながら心が逆らうというこの逡巡こそは、ペトラルカ風ソネット前半八行部分の、目にも鮮やかなクライマックスにほかならない。

■「句跨り」の技法

事実、恋というものがもたらす頭と心、理性と感情の不協和音は、詩の内容のみならず、目に見える形式の上でも完璧に表現されている。というのもワイアットは、五行目から六行目にかけて、そして六行目から七行目にかけて、それぞれ「句跨り（Enjambment）」を行っている。短詩、特にソネットのような定型詩では、行末でフレーズが綺麗に区切れる（一行で一文、もしくは一節や一句となる）のが理想的で一般的なのだが、ワイアットがここで試みているように、ひとつのフレーズを意図的に次の行まで伸ばして行を跨がせる技法を、その名も「句跨り」と呼ぶ(4)。

本来なら一行読み切りのはずのひとつながりのフレーズが、わざわざ二行にわたって表現されるのだから、句跨りがもたらすものは乱調、これに尽きる。実際、読者は次の行を読むまで意味を把握しきれないし、声に出して朗読するにしても、二行連続して読まなくては不自然だから、正直いって面倒だ。

要するに、焦らされたり焦らされたりで、ちょっとばかりリズムが狂う。それが句跨りである。けれどおかげで、定型詩が陥りがちな単調の過は免れること間違いなく、ワイアットの場合はさらに、句跨りの乱調に千々に乱れる己の心をも託したといっていい。

■「中間休止」による転調

それだけではない。やはり七行目で、ワイアットは句跨りとセットでもうひとつ、「中間休止（Caesura）」という技法も披露している。これは句跨りとは逆に、句点や読点をはじめとする記述記号を積極的に用いて、行の中間地点でフレーズをいったん強制的に終わらせるというもの。[5]「狩りをしたいのは一体誰だ」の原詩でも、休止の箇所は七行目の真ん中にセミコロン（;）で明記されていて、訳文でいえば、「無駄と知っていても私は追う。が、もう止めにする」の「が、」の部分が、それに相当する。

日本語における種々の逆接表現の中でも、「が、」という接続詞は、ひときわ唐突な転調の響きをもつ。「だが」でも「しかし」でもなく、これが文や節の頭に登場したら、それまでの話が全部ひっくり返ってチャラになるくらいの否定と転調が起こってもおかしくない。

ゆえに、中間休止の存在意義とニュアンスまで含めて最大限に訳出すべく、翻訳するにあたってこの語を選んだわけだが、実際ワイアットの詩でも、七行目の中間休止の前と後では話がガラリと変わっている。鼻息荒く彼女を「追う」といっていたのが一転、追うのは「もう止めにする」

と、そして八行目以降はそのまましょんぼり……。誰がいくら追いかけても「網で風を捕まえるようなもの」で、彼女は一生手に入らない。なぜなら彼女は「カエサルのもの」でもう手が届かない、と完全に諦めモードで詩は終わる。

■イギリス風ソネットの萌芽

「狩りをしたいのは一体誰だ」が基づいているペトラルカ風ソネットは、オクテット（Octet）と呼ばれる前半八行と、セステット（Sestet）と呼ばれる後半六行で内容が分かれる仕組み。前半部分は問題提起、後半部分はそれに対する解答と、それぞれ役割が決まっていて、なかでも後半の入口にあたる九行目は「ターン」（転回部）と呼ばれ、詩の雰囲気が一変するのが普通だ。

しかし、本詩の九行目はやや形を変えた冒頭部分の繰り返しとなっている。しかも語調と語気は、初めより明らかに弱々しい。この先完全に諦めモードに入るという意味では、これはこれで転回として十全に機能しているのかもしれないが、正直、話題の方向転換という意味でいうなら、中間休止のあった七行目のほうが、九行目よりはるかにターンの名に相応しい。

つまり、ワイアットはペトラルカのソネットに依拠してはいても、厳格な意味でその構造に従ってはいない。これは脚韻についてもいえることで、前半八行のオクテット部分はペトラルカ風に

ａｂｂａ／ａｂｂａと韻を踏んでいるのだけれど、後半六行のセステットではペトラルカやその他イタリア一般のソネットではみられないｃｄｄｃ／ｅｅの順となっており、最後は二行を続けて押韻するカプレットの形を採っている。

誰の目にも明らかな、ワイアットによるペトラルカ風ソネットの構造変化。イギリス文学史におけるこの事実のもつ意味は、おそらくわたしたちが想像する以上にかなり重い。少なくともカプレットは、彼と同じく主として外交方面で活躍した中世の宮廷詩人、ジョフリー・チョーサー（Geoffrey Chaucer, c. 1343～1400）が十四世紀に盛んに用いていたこともあり、十六世紀においてはすでに英語詩におけるひとつの伝統だったといっても過言ではない。くわえてソネットにおける最終二行連としてのカプレット形式の押韻は、この後に登場するシェイクスピア風ソネットの構造上の特徴のひとつでもあるのだ。

いわばイタリアから輸入されたソネットがイギリスで独自の変化を遂げ、やがてシェイクスピアによって定着していく最初の萌芽がここにある。あるいは、ペトラルカ風ソネットの導入者みずからによる部分的破壊と改革はそれだけで、ワイアットという詩人、そして「狩りをしたいのは一体誰だ」という詩におけるアイデンティティとオリジナリティの証となる。

■詩人の叶わぬ恋

それをもたらしたもの、ワイアットによるソネットの構造変化の原因が一体どこにあるのか、正確には何であったのかはわからない。おそらく一義的には、古今内外のあらゆる文学に精通していたその学識がそうさせた、というのが正しいのかもしれないけれど、ワイアットが何度か叶わぬ恋をしたのは確か。そのうちの一人が「カエサル」の如き絶対権力者、国王ヘンリー八世の二番目の妃となったアン・ブーリン（Anne Boleyn, c. 1501～36）で、この詩は二度とは手に入らぬ彼女に捧げられたものという噂は今も絶えない[6]。

噂は噂に過ぎないけれど、苦いものでも飲み込むように無理やり終わりにした恋の逡巡、それでいながら抜け出したくても抜け出せない憂鬱が、この詩の言葉ひとつひとつに確かに滲んでいるのは疑いようがない。句跨りのように引きずる思いは、ことのほか強く重く、全てを吐き出そうと思ったら、いちいち規則など構っていられなかったというのが、案外本音だったりするのではないだろうか……。

学術上のあらゆる推論、そうあって然るべき蓋然性を超えて、あられもないそんな想像を掻き立てるのが、人の恋。

そう、これはとりもなおさず、恋の詩なのである。

注

（1）このラテン語は新約聖書「ヨハネによる福音書」第二十章十七節に登場する一節で、イエス・キリストが死後復活した後、信奉者であったマグダラのマリアに向って放った言葉。ワイアットがここで用いているように、聖書の由来を離れ、もっぱら「触れてはならぬ」の意で慣用句化して久しい。

（2）古代ローマの最も著名な政治家で、共和政ローマの終身独裁官であったガイウス・ユリウス・カエサル（Gaius Julius Caesar, 100~44 BC）のこと。ワイアットは絶対的権力者の象徴としてカエサルの名を持ち出している。

（3）Una candida cerva sopra l'erba / verde m'apparve, con duo corna d'or

（4）Chris Baldick, *The Oxford Dictionary of Literary Terms*, Oxford University Press, 2008, p. 108.

（5）*Ibid.*, p. 32.

（6）この点については、George Gilfillan, *The Poetical Works of Sir Thomas Wyatt; With Memoir and Critical Dissertation*, James Nichol, 1858（General Books LLC, Retrieved 2012）, p. x を参照。

11

フィリップ・ラーキン

驚異の年

Annus Mirabilis

by Philip Larkin

Sexual intercourse began
In nineteen sixty-three
(which was rather late for me) —
Between the end of the "Chatterley" ban
And the Beatles' first LP.

Up to then there'd only been
A sort of bargaining,
A wrangle for the ring,
A shame that started at sixteen
And spread to everything.

Then all at once the quarrel sank:
Everyone felt the same,
And every life became
A brilliant breaking of the bank,
A quite unlosable game.

So life was never better than
In nineteen sixty-three
(Though just too late for me) —
Between the end of the "Chatterley" ban
And the Beatles' first LP.

驚異の年

性交が始まったのは、
一九六三年
（かなり遅かったけれど）
『チャタレイ夫人』の発禁処分が解かれてから
ビートルズの最初のＬＰ盤が出るまでの間だった。

それまでは
ある種の契約、
指輪をめぐる口論、
十六歳の時に始まり
万事に広がりゆく恥しかなく。

やがて　すぐに喧嘩は沈静。
誰もが　同じことを感じていて、
どの人生も　輝かしく
賭けに勝ち、
まったく　負け知らずのゲームだった。

だから　人生が最高だったのは
一九六三年
（完全に遅すぎたけれど）――
『チャタレイ夫人』の発禁処分が解かれてから
ビートルズの最初のＬＰ盤が出るまでの間だった。

*　*　*　*　*

■書き出しの妙

今までに経験したことのない何かについて、誰かに伝えようとすると、わたしたちは大抵しどろもどろになる。

もちろん、涼しい顔で難なくやりおおせる人もいるのだけれど、未体験の事柄や未曽有の事態に対する驚異や感動が大きければ大きいほど、他者への伝達は基本的に骨が折れる。とにかく頭と心に言葉が追いつかなくて、もどかしい。

スピードやボキャブラリーだけの問題じゃない。この世には意味のないおしゃべりというものが確かに存在するけれど、そもそも、長くたくさん書いて言葉数を重ねたからといって、何かが誰かに伝わるわけでもないのだ。

だから意外にも、詩は伝達に適している。むろん上手く使いこなすことさえできれば、の話ではあるが、短く端的な状況報告としてなら、冗長なだけの散文よりよっぽど優れているし、韻律その他諸々の効果で印象にも残りやすい。事実、一個人ないし一時代のリアルレポートとしてあまりに強烈な印象を残し、ゆえに一度読んだら滅多なことでは忘れられなくなるのがこの詩、二十世紀の詩人フィリップ・ラーキン（Philip Arthur Larkin, 1922~85）の「驚異の年」（"Annus Mirabilis", written in 1967, published in 1974）である。

まず、本作の何が強烈かといえば、その出だし。イギリス恋愛詩のアンソロジーである本書では、恋という事の性質と成り行き上、性的になかなか際どい作品もいくつか取り上げているけれど、これは別格。いきなり「性交」という言葉で始まる詩を、寡聞にして他に知らない。

しかし、これが効いている。よくいわれるように、あらゆる文学において書き出しは極めて重要。不慣れでも手練れでも、いつまで経ってもそれなりに難しいものだが、ひとつはっきり断言できることがある。

一語一語の取捨選択が小説以上に運命の分かれ道となる詩において、「性交」という単語ほどショッキングで、万人の興味と関心を一気にさらう出だしはない。卑近な例からいうと、思春期真っ盛りの学生が、この手の単語ばかり辞書で調べてしまう不思議なルーティーンに陥るなど非常によくある話で、下世話の謗りは免れずとも、生身の人間たる読者への注意喚起としては最高かもしれない。

■構造の新奇性

後はそのまま読者をうんと惹きつけて、離さなければそれでいい。実際ラーキンは、冒頭の「性交が始まったのは」以下四行目までを、意味に切れ目のないひとつながりのセンテンスとして構成している。つまり一行目から五行目までがひとつの文、一連＝一文となっているのであって、この構成は詩全体に及ぶ。要するに、第二連、第三連、第四連も全く同じ構成なのだ。

ひとつのフレーズやセンテンスが行を跨いで展開する。それを詩の世界で「句跨り」と呼ぶことは、前章のトマス・ワイアットの「狩りをしたいのは一体誰だ」の解釈ですでに紹介したとおり。

が、ここでラーキンがやっていることは句跨りなんていうレベルじゃない。なるほど各連はほぼ規則的に韻を踏んでいて、韻律も長めの行では弱強四歩格、短めの行では弱強三歩格と完璧に使い分けられているから、一見かなり整った詩形式には見える。けれど、一連まるごとでようやく一文を成すという全体的構造は、やはり型破りで大胆だ。万端整っているようで整っていない風変りな新しさ、どこかで読んだことがあるようで現実には全くそうでないという、この詩の内在的な新奇性を、形の上からすでに痛いほど感じるといえばいいだろうか。

■自虐の詩人

ただし正直いって、「驚異の年」の新奇性を真っ先に痛感するのは、やはり詩の形ではなく内容のほうだ。「性交が始まったのは」「『チャタレイ夫人』の発禁処分が解かれてから／ビートルズの最初のLP盤が出るまでの間だった」というのは、とりもなおさず個人のセックスライフについての告白、しかも二十世紀の時事ネタ絡みの回想にほかならない。

詳細にいえば、それはD・H・ロレンス（David Herbent Lawrence, 1885~1930）の小説『チャタレイ夫人の恋人』（*Lady Chatterley's Lover*, 1928）が、露骨な性描写で「猥褻文書」として国から告訴され、最終的に出版社側が勝訴した一九六〇年の十一月から、[1]今やブリティッシュ・ロック&ポップの「古典」たるビートルズ（The Beatles）の最初のアルバム、「プリーズ・プリーズ・ミー」（*Please Please Me*）が発売された一九六三年四月までの間のこと。もしもこの詩がラーキン本人の話なら、「性交が始まった」のは詩人が三十八歳を過ぎてからということになり、最終連でもはっきり「人生が最高だったのは一九六三年」といっているのだから、やはり四十歳前後という見積もりになる。だとすれば、なるほどそれはカッコ書きの自虐の弁のとおり、「かなり遅めかもしれない。

しかし、それが何だというのだろう。性の諸々にまつわる真相など、本人以外の誰にもわからないし、別にわからなくてもいい。というより、死後刊行された『書簡集』（Anthony Thwaite, ed., *Selected Letters of Philip Larkin, 1940–1985*, Faber and Faber, 1992）によって明らかにされたように、実のところ、彼は二十代から女性が途切れた気配がない。だからここで大切なのは、初体験が遅すぎたという自虐的フレーズが、うっかり、こっそり、という体を装い、軽妙に本音を吐露するは際の常套手段であるカッコ書きで書き添えられているということ。というのも、ラーキンという詩人は元来が自虐的で、これはいかにも彼らしいのである。

本作以前だと、「ひき蛙」（"Toads", 1954）が良い例だ。ラーキンはこの詩において、図書館司書としての現実生活と詩人としての精神生活を両立させようと腐心しながらも、時に現実に押しつぶされそうになる己自身を、その姿形からして蛙に似ているように思えると、もはや自己嫌悪ぎりぎりの自虐の限りを尽くしている。

あるいは本作以後に書かれた「ラブ・アゲイン」（"Love Again", 1979）という詩でも、今頃別の男とデート中の恋人を思いながら自慰をしてしまい、強烈な羞恥という「いつもの痛み」を覚えたその後で、「なぜこんなことを言葉にするのか」と自問自答している。確かに読んでいるこちら側としても、そんなことしているくらいならさっさと彼女を取り戻しに行けば？と、思わず詩集の余白に殴り書きしたくなるほど後ろ向きの、どうにもならない自虐ぶりだ。

■六〇年代イギリスの大きなうねり

そんなラーキンにしては、「驚異の年」は赤裸々ながらも洒脱。明るいとまではいえないけれど、そこそこ軽やかな詩ではある。これは十中八九、「チャタレイ」と「ビートルズ」のおかげ。

つまり、俗にシックスティーズと呼ばれる一九六〇年代という時代、イギリスという国の最も明るい喫緊の過去への明確な言及と、同国の文化がいささか野卑に見えるほど新たな活気に満ち溢れていた頃の示唆が、詩の中に確かに感じられるからである。

事実、「藝術か猥褻か」と、やがて日本にまで飛び火したロレンスの『チャタレイ夫人の恋人』をめぐる裁判とビートルズの登場は、いわばシックスティーズの二大事件。文学と音楽という違いはあれど、貴族の妻が森番との触れ合いによって性愛を人間の本質として再認識し全肯定するというロレンスの小説の内容、そしてイングランド北部工業都市リバプール出身の四人組の若者が、日常の些事を歌って世間を席捲したという未だかつてない出来事は、労働者階級による新機軸の創出という点で、二十世紀イギリスのパラダイム・シフトそのものであった。

換言すれば、ともに労働者階級出身であるロレンスやビートルズがみずから打ち出し象徴したものは、階級制度を始めとする前時代的なるものからの脱却と解放だったのであり、『チャタレイ夫人の恋人』の作品世界さながら、人間の本質である性の解放もまたそこに含まれるのは理の当然だったといわねばならない。この意味で、ラーキンの「驚異の年」は、自由と解放というものが個人と社会それぞれの次元で端的かつ同時的に謳われている詩なのであり、一九六〇年代がその前と後ではガラリと異なる「驚異の年」として扱われ、それがそのまま詩のタイトルにもなっているというわけである。

■二つの「驚異の年」

しかし、詩を読む前からすでに、一目でそれと気づいている人もいるだろう。実はこのタイトルにこそ、ラーキン最大の自虐と皮肉が込められていることに……。

普通、イギリス文学の世界で「驚異の年」、しかもラテン語で「アニュス・ミラビリス」といったら、十七世紀の詩人ジョン・ドライデン（John Dryden, 1631～1700）が書いたそれを指す。ラーキンと違い、ドライデンの『驚異の年』（*Annus Mirabilis*, 1667）は全千二百十六行に及ぶ長篇詩で、例のチャールズ二世（Charles II, 1630～85）による王政復古から六年後の一六六六年を、対オランダの海戦における奇跡的な勝利と、ロンドンの大部分が灰燼に帰した歴史的大火災（ロンドン大火）とに見舞われた前代未聞の時代として位置づけ、描き出したものである。

つまるところ、ドライデンの『驚異の年』は一種のドキュメンタリー。戦争と大火という非常事態を、詩という形でレポートしたものだといっていい。先述したように、これは詩が意外にも淡々とした伝達に適していることの良い証左でもあり、一六六六年当時、作者ドライデンは実際にはロンドンにおらず、イングランド南西部に疎開中だったとはいえ、時代の生きた証人として、四日四晩かけて市街の約四分の三が燃え尽きたロンドンについての状況説明の任を十分に果たしている。

だが、ラーキンは違う。彼の「驚異の年」の最初の一連を振り返って、もういちど話を整理してみてほしい。

「チャタレイ」と「ビートルズ」の時代に「性交が始まった」のは「かなり遅かった」と、詩人は述懐しているのである。そして最終連ではさらに念を押すように、「完全に遅すぎた」とまで述べているのだ。

これは己の生きる時代に適応している人間の言葉ではない。恥ずかしながら時代の流れについていけなかったと、ラーキンはそういっているのであって、「チャタレイ」や「ビートルズ」に言及している彼は、確かに時代の目撃者ではあっても代弁者ではない。それどころか、彼が属しているのはむしろシックスティーズ以前の時代であり、そこでは恋も愛も「ある種の契約」で、結婚とて「指輪をめぐる口論」でしかない。つまり、個人としてのラーキンは、恋愛やセックスに己の全てを委ねてもいいほどの価値や幸福を見出せないのである。

だから折々の恋人や女友達はいても、生涯独身だったのだろうが、結婚や家庭に対する懐疑と忌避の傾向は、本作でも第二連の「契約」と「口論」という語の選択、それらがもたらすネガティヴなイメージではっきり表面化している。「誰もが同じことを感じて」いるこの頃、すなわち一九六〇年代という自由で新しい時代と上手く付き合っていければ、「すぐに喧嘩は沈静」して詩人も楽しく過ごせるのかもしれないけれど、本人がそんなことこれっぽっちも信じていないのは一目瞭然。なぜなら、そう述べているのはギャンブルのイメージなのだ。

「負け知らずのゲーム」みたいな快活な時代を無邪気に信じて、結婚や家庭を持つという一か八かの「賭け」ができずに、いじいじといつまでも無念を綴る。有り体にいえば、それがラーキンという詩人だ。彼はドライデンのように時代に完璧に与して寄り添い、その証人になることはできない。そうはなれない性質（たち）なのである。

■十七世紀と二十世紀のふたつの「戦後」

実際、国家が革命と王政復古に揺れた十七世紀の昔、護国卿クロムウェル（Oliver Cromwell, 1599～1658）が支配する共和政時代にはピューリタンとして生き、王政復古叶った後には国王チャールズ二世や続くジェームズ二世（James II, 1633～1701）にならってカトリックへの帰依を肯定したドライデンのような処世術[2]、そのような器用さはラーキンにはない。いやむしろ、詩人としての才能を世に認められながらも、大学図書館司書として六十三歳まで勤め上げ、生涯二足の草鞋を履き続けたラーキンこそが器用だったというべきで、少なくとも一個人としての彼は、ドライデンのような大胆さを決して持ちえなかった。

彼が大胆に開き直れるのは、紙の上だけ。瞠目すべき出来事といえば、戦争でも火事でもなく小説と音楽だけれど、よく考えてみれば、これはこれで「最高」。そんな風に一九六〇年代を「驚異の年」と呼ぶのは、ドライデンを下敷きにしたパロディ以外の何物でもなく、詩人ラーキンは平易な言葉で小市民的な態度に終始しながらその実、高踏的だ。次章に登場するテッド・ヒューズ（Ted Hughes: Edward James Hughes, 1930〜98）やディラン・トマス（Dylan Marlais Thomas, 1914〜53）ら同世代のモダニズム詩人たちのような派手さも破壊的な斬新さもないかわり、彼は変わりゆくものと変わらないものとを独り静かに、あたかも歴史学者のように確かに見定めている。

一九六〇年代。それはふたつの世界大戦の後にようやく訪れた「戦後」であって、シックスティーズの自由と快活は、革命と共和政崩壊の果てに訪れた十七世紀の「戦後」とよく似ている。ドライデンが伝えるように海戦や大火災はあったけれど、王政が復古して国と社会に娯楽と明るさがパーッと甦った一六六〇年代の自由放埓な空気にとても似ている。

前時代への反動として、世の中のタガがちょっと外れるのはよくあること。ラーキンのように、それについていけないのも非常によくあることだ。ただ、個人と社会のふたつの視点で同時的かつ多声的に、しかもちょっとばかり恥ずかしそうに、自分の生きる時代を語れる詩人はそうはいない。

注

（1）この問題に関して、詳しくは木村政則『チャタレー夫人の恋人』（光文社古典新訳文庫、二〇一四年）における「解説・訳者あとがき」参照。

（2）少なくとも、桂冠詩人としてのドライデンは、カトリックの王と王妃（ジェームズ二世とその妃メアリー・オブ・モデナ）との間の王子誕生を祝って、"Britania Rediviva: A Poem on the Birth of the Prince" という詩を一六八八年六月に献上しており、その中でローマ教皇を「聖なる規範、全き継承を／祝福する（to bless / The Sacred Standard, and secure Success）」（*ll.* 84–85）者として褒めそやしている。

12

テッド・ヒューズ

彼女のご主人

For they will have their rights.
Their jurors are to be assembled
From the little crumbs of soot. Their brief
Goes straight up to heaven and nothing more is
heard of it.

Her Husband

by Ted Hughes

Comes home dull with coal-dust deliberately
To grime the sink and foul towels and let her
Learn with scrubbing brush and scrubbing board
The stubborn character of money.

And let her learn through what kind of dust
He has earned his thirst and the right to quench it
And what sweat he has exchanged for his money
And the blood-weight of money. He'll humble her

With new light on her obligations.
The fried, woody, chips, kept warm two hours in the
oven,
Are only part of her answer.
Hearing the rest, he slams them to the fire back

And is away round the house-end singing
'Come back to Sorrento' in a voice
Of resounding corrugated iron.
Her back has bunched into a hump as an insult.

彼女のご主人

わざと炭塵（すす）をつけたまま　ぐったりして家に帰ると
洗い場のシンクは汚れ、タオルは黒ずみ
ブラシで擦り　洗濯板でゴシゴシしながら
彼女は　金とは厄介なものと　思い知らされる。

亭主が　どんな埃の中で渇きを覚え、
ゆえにその渇きを癒す権利があるか、
その金が　どれほどの汗の代償で
どんなに血の重みがすることか　思い知らされる。で

いつもの家事に新たな光明（しごと）で　気が挫ける。
オーブンに二時間入れっぱなしの　硬い木の棒みたいなフライドポテト、

それは　彼女の回答のごく一部。
彼は残りを聞いて、後は　全部暖炉に投げつける

「帰れソレントへ」の　幾重にも響き渡る
鋼みたいな歌声が
家の角のあたりで消えてゆく。
彼女の背中は丸くなって　侮辱のような瘤がある。

彼らには彼らの権利がある。
陪審員は　取るに足らない
埃まみれの奴らから集められる。訴状は
天に向かって突きつけられたが　それ以上は何も知らない。

＊　＊　＊　＊　＊

■詩の邦題の所以

あなたの口から、よもや「主人」という言葉を聞くとは思わなかった。案外古風なところがあるんだね……。

結婚後、こういわれたことは一度や二度ではない。

なるほど「主人」というのは、一家のあるじにして自分の仕える相手を指していう言葉。これを夫婦関係において用いるというのは男尊女卑もいいところで、古風＝時代錯誤と皮肉られても仕方がない。

しかし、正論とは往々にして理屈そのもの。そして理屈はたとえそれが真実であっても、得てして人の心を逆撫でする。

もしも夫となった男が、収入も地位も自分よりはるかに上で、それ以上に学ぶべきところの多い人生の大先輩だとしたら、その人を主人と呼んで何が悪い？　あるいはひと昔前の妻たちのように、夫がいなければ生活していけない身の上だとして、それの何がどう悪い？　それこそ夫は頼るべき主人であって、他に何と呼べばいいのか——。

まず何ら悪びれることなく、心からそう思うから、一九六〇年代に書かれたこの詩の邦題は「彼女のご主人」とした。この詩は、人間自身というより、その内面世界を動物や自然に仮託して諞うことの多かった二十世紀後半の詩人テッド・ヒューズ（Ted Hughes: Edward James Hughes, 1930〜98）が、[1]珍しく婚姻関係にある人間そのもの——炭鉱労働者の夫と主婦であるその妻——に焦点を当てている初期の代表作のひとつで、原題は "Her Husband" である。

これをフラットに、すなわち素直かつ単純に「彼女の夫」と訳す気には、どうしてもなれなかった。少なくともこの詩において、結婚とは長く辛い「お勤め」でしかなく、夫も妻も、それぞれが苦い忍従と奉仕を強いられている。イーブンなのは、互いへの憎しみめいた苛立ちだけ。なかんずく女の目には、夫の上から目線の「権利」の主張が鼻につく。

過ぎ去りし二十世紀という時代、婚姻関係がまだ事実上の主従関係だった頃に書かれた詩、それがテッド・ヒューズの Her Husband —— だから邦題は「彼女のご主人」なのである。

■炭鉱労働者夫婦の日常

そもそも Husband という単語自体、語源を辿れば「家に住まって治める人」、つまりは主人の意である古英語 hūsbonda ないし古期北欧語 húsbóndi に行き着く。[2]その「主人」という言葉が詩のタイトルになっているのはもちろん、同時に冒頭一行目の主語の役割をも担っているのが本作で、詩人はこのちょっと虚を突くような出だしで、読者を炭鉱労働者の日常にいきなり引きずり込む。

「彼女のご主人」が「わざと炭塵をつけたままぐったりして家に帰ると」どうなるか。家じゅうが汚れ、すぐさま掃除と洗濯が必要になる。だから、「彼女」すなわち主婦である妻にとって、夫の帰宅は当然でありこそすれ、決して待ち望み、諸手を挙げて歓迎する類いのものではない。正直、夫が帰ってきても余計な家事が増えるだけで、ほとんど舌打ちしたい気分なのだろうが、それでも「金」を稼いでくるというその一点において、彼女は最低限の儀は尽くさねばならないと考えている。

そう、全てはカネのため。生きていくためにどうしても必要な「金」銭は、とうに愛の冷めた相手を「主人」として、たとえ形だけでもいつまでも敬い仕えることを女に強いる。だから実に「厄介」で、妻は身をもってそのことを「思い知らされる」日々を送っている。

この第一連が如実に示す通り、本作は結婚とは生活そのものであるという非常にドライでプラクティカルな前提、愛も夢も何もない疲れ果てた日常描写から始まっている。掃除機や洗濯機等の便利な家庭用電化製品が軒並み揃う今日であれば、また事情も少しは違ってくるのだろうが、時は一九六〇年代。ましてや、炭鉱街に暮らす貧しい労働者階級の家庭が舞台である。妻の担う家事一切は、「ブラシ」や「洗濯板」を使っての完全手作業。真っ暗な穴倉でひたすら石炭を掘り出す夫の仕事の過酷さに比べればまだマシには違いないが、家にいる妻とて、終わりなき肉体労働に従事していることに変わりはない。

夫婦共に毎日同じことの繰り返し。日々の労働に疲れ果て、もはや会話らしい会話もない。事実、作品中に二人の直接のダイアローグは一切なく、彼らはすでに互いが互いを全く理解できなくなっている。だから互いに思いやることも優しくすることもできない。特に夫の方は、ほとんど憎悪に近い憤りを交えつつ、自分の種々の「権利」を妻に「思い知らせる」ことに躍起だ。

彼がことさら主張するのは、「埃の中で」覚えた「渇きを癒す権利」。つまり炭鉱での仕事の後、外で一杯引っかけてくる権利であって、よほどの下戸でないかぎり、これ自体は世の男性たち（はもちろん今や女性までも）がかなりの割合で賛同し、意を同じくする主張だろう。実際、仕事帰りに界隈のパブで仲間とビールをあおって一日の疲れを癒すというのは、イギリスではごく当たり前の風景。炭鉱街の坑夫でも、金融街の銀行マンでも、そのあたりは笑ってしまうくらい同じである。

しかし、家で「主人」の帰りを待つ身にとっては、この「ちょっと一杯」が曲者だ。どこの国でも妻は夫に帰宅の時間を尋ねるものと相場が決まっているが、それは帰りが待ち遠しいからとは限らない。もちろん待ち遠しい場合がほとんどだ（ということにしておきたい）が、それにしたって帰る時間から逆算し、晩御飯の支度をしておかねばならない。

決して仲の悪くないごく普通の夫婦、二十一世紀の一般家庭でさえこうなのである。ましてやヒューズの詩に登場する愛の冷めきった妻、まだ電子レンジも加圧鍋もない時代の主婦であれば、夫への一種の意趣返しとして、いわゆる「手抜き」の適当な夕食作りをしてもおかしくない。

事実、意趣返しとしか思えないのが、第三連の「オーブンに二時間入れっぱなしの硬い木の棒みたいなフライドポテト」だ。いくら食に関して絶望的なお国柄とはいえ、これほど惰性に満ちた哀しいメニューを他に知らない。そもそも、イギリス英語で「チップス (chips)」と呼ばれるフライドポテトは、同国において決して欠かすことのできないもの。単品はもちろん、どんな料理にもサイドメニューとして山盛り状態でついてくるといっていい。誰もがお馴染みの定番メニューであるそれが、オーブンの中で棒切れみたいに干からびて、カチンカチンになっているのである。

これこそ、もはや愛は欠片もないという妻側の「回答」。言葉でなく料理という形で表出し、非言語状態で提示されているという意味で、たとえ彼女のいいたいことの「ごく一部」でしかないとしても、「残り」の愚痴や文句はもう聞くまでもない。この結婚生活がひどく味気なく、またそれゆえに苛立ちに満ちたものであることを、「木の棒みたい」に硬くて不味い「フライドポテト」ほど雄弁に物語るものはない。だから夫は、それを「全部暖炉に投げつける」。見ずともいわれずとも知っていることを、わざわざ目の前で形にして見せつけられたら、誰だって腹立ちまぎれにそうするように。

■視点の誘導

このフライドポテトのくだりは一見些末ながら、作者による読者の視点操作が際立つ、極めて重要な箇所でもある。というのも、「彼女のご主人」というタイトルそのものが初めから主語として、すなわち詩の冒頭の一部として機能していることはすでに指摘した通りだが、作者であるヒューズはそのまま意識して徹底的に、三人称で詩を書いている。

そうすることで、自分ではなく他の第三者の日常、あるいは巷によくある話として、冷めきった結婚生活というものをあくまで突き放して描写することに最大の目的があるわけだが、家事描写の具体性から、最初の第一連では読者はいつのまにか「彼女」、すなわち妻の視点に立たされるといっていい。

しかし第二連になると、例の「渇きを癒す権利」の主張になり、続けて夫の稼ぎとは「血」と「汗」の「代償」なのだという話になって、視点が夫の側へと移ってゆく。

帰りがけの「ちょっと一杯」くらいいいだろうという、ややもすればだらしなく映る夫の感覚——。その根底にあるのは、日々自分を犠牲にし、文字通り「血」と「汗」を流して身を粉にして働いているという強烈な自意識であって、家庭を持ち家族を扶養している男性で、おそらくこれに共鳴しない人はいない。そして、己ばかりが辛い仕事をしているような自己中心的表現自体は鼻についても、それが限りなく事実に近いということは、たとえ仕事を持たない女であっても十二分に想像し理解できる。つまりこの第二連にきて、読者は男女を問わず、夫の状況に少なからず同情する仕組みになっているのだ。

その極めつけが「木の棒みたいなフライドポテト」であって、「ぐったり」疲れて家に帰ってきた日にこんな不味いものを出されては、さすがにやっていられない。舌と胃袋を通じて、「うん、これはわかるなぁ」という心からの同情を誘う原始的で手堅いテクニックである。

■プラスとヒューズ

こうした夫の側への巧みな視線の誘導、同情という共感の意図的喚起は、詩人自身が既婚男性であることと多分に無関係ではないだろう。作者ヒューズがアメリカ生まれの女性詩人シルヴィア・プラス（Sylvia Plath, 1932〜63）と結婚していたのはあまりに有名な話で、映画（『シルヴィア』*Sylvia*, 2003）にもなっているほどだが、「彼女のご主人」同様、二人の結婚生活もまた幸せとはいえなかった。

少なくとも、「彼女のご主人」が最初に発表された一九六一年から、詩集『ウッドゥー』（*Wodwo*）に再録された一九六七年までの間に、彼らの関係はこれ以上ないほど残酷かつ最悪の形で完全に破綻した。一九六三年二月、プラスはみずから命を絶ったのである。それも「彼女のご主人」のフライドポテトよろしく、オーブンの中に頭を突っ込んで[3]。

当時、二人がすでに別居していたこと、そしてヒューズに別の女性がいたことは事実。しかしだからといって、愛した人に死なれるのはたまらない。それは目に見えない鎖となって、後に残された者をいつまでも縛り付ける。だってそうだろう。愛し苦しめてしまった人にいきなり存在ごと消滅されたら、人は永遠に自分を責め続けるしかない。それは地獄。正真正銘、生きながらの地獄だ。

その後シルヴィアの死について、時おり詩にすることはあっても、決して公に語ることをせず、この世でひとり地獄を引き受け続けたヒューズ。その彼が、自己の結婚生活を自己の言葉でようやく語ったのが、一九九八年の死の直前に出版された最後の詩集『バースデイ・レターズ』（*Birthday Letters*）である。

一人称の「僕（I）」と二人称の「君（You）」が散りばめられたこの詩集の中で、ヒューズはかつてなく素直だ。なかでも「公現祭」（"Epiphany"）と題された詩の最後は、「僕たちの結婚は失敗だった（Our marriage had failed）」というシンプルかつ決定的なフレーズで締めくくられていて、胸を打つ。ヒューズはたったこの一言を吐き出すまでに、三十五年もの年月を要したのだ。本来彼にしかわからないはずのその長さ、重さが、わたしたちの心の中にまでひたひたと静かに染み渡ってくるのは、詩人が常に「僕」、「君」そして「僕たち」という言葉で、丁寧に語りかけているからにほかならない。

■三人称の意味合い

意識的な三人称で、不幸な結婚生活をあくまで一般化して描く「彼女のご主人」には、この種の読者を揺さぶる静かな言葉の力は感じられない。当然だろう。それはヒューズという詩人がその後、生きながらの地獄の果てに得たものだ。

そのかわり、まだ地獄を知る前の彼は、どこまでも冷徹に全てを操る。事実「彼女のご主人」でも、最初は妻へ、そして次は本丸の夫の側へと、読者の視野を巧みに誘導しておきながら、夫がポテトを「全部暖炉に投げつけ」た瞬間、詩人はその誘導の糸を唐突にプツンと断ち切る。後に続くのは、静まり返った夕べに響き渡る「帰れソレントへ」の「鋼みたいな歌声」ばかり。

一見しんみりとした情緒ただよう場面ではあるけれど、去りゆく恋人を涙ながらに引きとめるナポリ民謡「帰れソレントへ」("Torna a Surriento", 1902) の歌詞からすれば、これは冷めきった夫婦生活へのあまりに皮肉なレクイエムというものだ。「鋼みたいな歌声」でなくとも耳を塞ぎたくなるし、疲れ切って背中の曲がった妻からは、誰だって思わず目を背けたくなる。

とどのつまり、何をどうがんばっても、もう終わり。第四連ではそれが明らかになっているのであって、この結婚には何ら希望を見出すことはできないし、せめてもの和解や妥協も望めない。だから最後の第五連では俄かに裁判のイメージが持ち出され、「訴状は／天に向かって突きつけられた」と、詩人は離婚協議のスタートまでをも匂わせる。

しかし「それ以上は何も知らない」と、詩人は最後の最後で、ついに読者までもあっけなく突き放す。この詩があくまで三人称で続けられてきたことの意味と目的は正にここに集約されるのであって、他人事とくに夫婦の間の事は、結局当事者以外の誰にもわからない。二人は協議の末に別れるかもしれないし、このまま明日も明後日も同じことを繰り返して、苦々しく反目し合いながら生きていくのかもしれない。

つまるところ、別れても別れなくても、どっちだって構わない。どちらもあり、だ。

なぜなら――

「彼らには彼らの権利がある」。

このいかにも物わかりのいい魔法のような一言で、詩人が最後に実に気前よく読者に分け与えているのは、夫と妻、どちらの視座でもなく、想像の余地というとてつもない自由と、いずれにしても幸福ではない荒涼とした未来。

誰も彼もそのなかに置き去りにしたまま、ヒューズは独り先を行く。そんな詩人には途惑うばかりで、やはり三歩下がって後をついていくことしかできない。

注

（1）Charlie Bell, *Ted Hughes*, Hodder & Stoughton, 2002, p. 1.
（2）"husband" in *Oxford English Dictionary*: http://www.oed.com/
（3）Anne Stevenson, *Bitter Fame: A Life of Sylvia Plath*, Penguin, 1990, p. 296.

13

ロバート・ブラウニング

女の繰り言

VI. Be a god and hold me
With a charm!
Be a man and fold me
With thine arm!

VII. Teach me, only teach, Love
As I ought
I will speak thy speech, Love,
Think thy thought—

VIII. Meet, if thou require it,
Both demands,
Laying flesh and spirit
In thy hands.

IX. That shall be to-morrow
Not to-night:
I must bury sorrow
Out of sight:

X. —Must a little weep, Love,
(Foolish me!)
And so fall asleep, Love,
Loved by thee.

A Woman's Last Word

by Robert Browning

I. Let's contend no more, Love,
Strive nor weep:
All be as before, Love,
—Only sleep!

II. What so wild as words are?
I and thou
In debate, as birds are,
Hawk on bough!

III. See the creature stalking
While we speak!
Hush and hide the talking,
Cheek on cheek!

IV. What so false as truth is,
False to thee?
Where the serpent's tooth is
Shun the tree—

V. Where the apple reddens
Never pry—
Lest we lose our Edens,
Eve and I.

女の繰り言

Ⅰ　ねぇ、もうやめましょう、
　喧嘩したり泣いたりするのは。
ねぇ、全部これまでどおりで、
――もう寝ましょうよ！

Ⅱ　言葉ほど　荒っぽいものってある？
　わたしとあなた
小鳥みたいに　言い争って、
　枝の上の鷹みたいに気ばかり強くて！

Ⅲ　ほら　口をひらけば
　鷹が忍び寄ってくる！

静かに　そしてお喋りはやめて、
　頬と頬を寄せ合うの！

Ⅳ

真実ほど正しくないものってある？
　あなたにとっては　そうでしょう？
痛くて鋭い　蛇の歯があるところでは
　木に近づかないこと ——

Ⅴ

リンゴが赤く実るところでは
　決して詮索しないこと ——
エデンの園を失うといけないから、
　イヴもわたしも。

Ⅵ

神様になって　わたしを抱いて
　魔法をかけて！

男らしく　抱きしめて
　その腕で！

Ⅶ

ねぇ、教えて、教えてくれるだけでいいの！
　ねぇ、当然そうすべきだから
わたしは　あなたの話したいように話すし、
　あなたが考えるように考えるから――

Ⅷ

もしもあなたが望むなら、
　どちらも要るというのなら　いいわ、
身も心も委ねます
　あなたの手に。

Ⅸ

ただし　それは明日から
　今夜じゃないの。

悲しみを　葬り去らなきゃ
見えなくなるまで。

X
――ねぇ、あともう少し泣かないとダメ、
(バカなわたし!)
ねぇ、それからぐっすり眠るの、
あなたに愛されながら。

＊　＊　＊　＊　＊

■男性詩人による女性目線の詩

たとえくだらぬ痴話喧嘩であっても、諍い事というのはしぜんに丸く収まるものではない。経験者ならわかるだろうが、実際、男女間の仲直りにはある一定のメカニズムというか、暗黙のプロセスが存在する。

喧嘩の後の、あの何ともいえない気まずい空気。あれを打開するには、たとえ自分が悪くなくとも、ひたすら謝り倒すしかない。でも、言葉だけではまだ不十分。嫌な空気を下手に長引かせ、翌日まで持ち越したくなかったら、とりあえず一緒に「寝る」こと。これに尽きる。

原始的といってもいいくらい古典的なやり方ではあるけれど、正直、「寝る」に勝る方法はない。口ばっかりで頭でっかちの論理や理屈の向こう側へ、好きか嫌いか二つに一つを選ぶしかない究極の本能の世界へ、要はセックスに持ち込むのである。

いかにも身も蓋もない話だが、これは紛れもない男女間の真実。そしてこの真実を、というより、セックスの可能性をちらつかせながら最後は反故にし、喧嘩の後に万事自分の思い通りに事を運ぶ女のしたたかさを描いているのが、十九世紀ヴィクトリア時代を代表する詩人、ロバート・ブラウニング（Robert Browning, 1812～89）の「女の繰り言」（"A Woman's Last Word", 1855）だ。

その名も『男と女』（*Men and Women*, 1855）と題された代表作の詩集に収められた本作は、一見して平易で、色仕掛けで痴話喧嘩の収束につとめる女の話という意味では、ほとんど卑俗ですらある。が、よく読んでみると、一から十まで卑にして俗というわけでもない。

なるほど、「女の繰り言」という歌謡曲めいたメロドラマティックな題のとおり、この詩の行間に漂うのは大人の色気。けれどその色っぽい気配は、女の甘い吐息とささやくような息遣い、つまりは何ともいえない「間」から成るものであって、それがいつ何をいいだすかわからない女という不思議な生き物の風情までも醸しだしている。

それに、男性が女性の目線で物を書くこと自体は決して珍しいことではない。逆も然りで、詩でも小説でも、真に優れた書き手は皆どこか両性具有的。これはやむにやまれぬ必然で、特に恋愛がテーマの場合、自身の性である男か女、どちらかの単視眼的な立場で作者がどっぷり自己没入して書いてしまうと、相手側の心理描写で必ず抜け落ちる部分が出てくる。ゆえに、より高みを目指す者は意識して男女双方の視点を持つ。

その点、「女の繰り言」の作者ブラウニングには、文句のつけようがない。彼の紡ぎ出す女性像、詩の語り手である女は、初めから事あるごとに「ねぇ」と甘えてねだって、時に懇願の体で「もうやめましょう」と相手を優しく宥めすかし、機が熟したところで「抱いて」と男の側に完全に期待させておいて、でも「明日から」と、あっさりお預けを喰らわせる……。

これはもはや女のプロ。この詩には恋愛において女が弄する手練手管が惜しげもなく披露されている。どうしてここまでこちらの手の内を知っているのかと、いささか焦るほどに。

■「劇的独白」の手法

実際、ブラウニングがどこまで女の手の内、腹の内を知り尽くしていたかは定かでない。しかし、生身の女にうっすら危機感を抱かせるほどのこの迫真性は、ブラウニング一流の詩的テクニックの賜物であることは確か。詩の語り手が自身の思いの丈を滔々と語り倒し、普段どおりの言葉づかいであからさまに吐露することさえも好しとする「劇的独白（Dramatic Monologue）」と呼ばれる技法を、彼はここで駆使しているのである(1)。

日常の言葉で大胆不敵に語る「劇的独白」は、本書ですでに取り上げたシェイクスピアやダンの詩の方法論に連なるもので、これがもたらすものは、楽しいお喋りや、それこそ喧嘩をして気まずい時のような空気感、つまりは日常会話を彷彿とさせる抜群の「間」だ。もしくは詩というものに欠けがちな「わかりやすさ」と「さりげなさ」、それらがもたらす「らしさ」＝蓋然性といいかえてもいい。

注目すべきは、第三連の終わりから第四連の初めにかけて。このあたりを読み返してみるとよくわかる。語り手の女は「静かに　そしてお喋りはやめて、／頬と頬を寄せ合うの！」と、喧嘩になるからもう何も喋らないときっぱり宣言したその口で、「真実ほど正しくないものってある？」と、次の行でかなり面倒な議論をやにわに持ちかける。

この大いなる矛盾。思い切り自戒を込めていうが、これが女で、言動不一致は日常茶飯事。詩の最後で、「抱いて」ほしいけど「今夜」じゃなく「明日」がいいと、語り手が往生際悪くゴネているのもよくある風景。つまり偶然ではない。詩人がたまたまここで思いついたように書いているわけではない。

さんざん媚びて自分で誘っておきながら、「もう少し泣かないと」というわけのわからない理由で、いざとなったらベッドを拒む。同じ女の目から見ても、詩の語り手はとんでもない気分屋気質。この設定が、男である詩人からの女というものに対するダメ出しでなくて何だというのか。

女の生態を女の言葉で語り倒すことによって、ブラウニングは逆に男からみた女の理解不能な側面を炙り出している。これは確かにひとつの皮肉。それもまるで皮肉に見えない、非常に高度な皮肉。そういったものを構造上内包させてしまうブラウニングの「劇的独白」という詩的技法の奥深さたるや、侮れない。

■妻エリザベスのソネット

しかし、恋愛詩というのは、やはり経験がある程度物をいう。れっきとした創作である以上、「劇的独白」のような文体上の工夫や、全体の構造に関わる脳内スキームはもちろん必要だけれど、はっきりいってそれが全てじゃない。恋がしようと思ってするものではないように、恋や愛の詩は書こうと思っておいそれと書けるものではない。むしろ書かずにいられなくて書くものだ。

だとすれば、本作をはじめとするブラウニングの恋愛詩の多くが、同じく詩人であった妻エリザベス・バレット（Elizabeth Barrett Browning, 1806～61）と知り合い、出会って以降に書かれているという事実を、ここで強調し踏まえておくに如くはない。

わたしから去ればいい。けれどわたしは
これからも　あなたの影の中に生き続ける。
もう二度と　人生の出発（たびだち）に　ひとり
取り残されることはない。この魂を抑えることも、
この手を昔のように　おだやかに　陽に
かざすこともないだろう、わたしがずっと
耐えてきた　あの感覚——重ねられた
あなたの手の感触（ぬくもり）がないかぎり。この広い大地は
いつかふたりを別つだろう、重なる脈とあなたの
心を　わたしの中に残したままで。わたしの
すること夢みること　すべてにあなたが
含まれている、ワインに葡萄の味がするように。
　わたしが神を求めるとき、あなたの名前を呼んでいる、
　そして目には　ふたりぶんの涙が滲む。

これはブラウニングの妻、エリザベス・バレットの代表作のひとつ。夫への切実な愛を謳った全四十四篇から成るソネット集『ポルトガル人のソネット』(*Sonnets from the Portuguese*, 1850)の六番目に収められている一篇だ。

すでに本書の中で幾度となく言及してきたように、十四行のソネットは元来、恋を謳う定型詩。この詩も例外ではなく、はやくも十四歳で処女詩集を出版し、一時は桂冠詩人に推す声もあがったほどの実力派詩人であったエリザベス・バレットの、恋する女として入魂の一作である。

「わたしから去ればいい」という冒頭を一読してわかるように、主として恋の甘い苦しみがテーマの通常の恋愛詩とは、かなり様子が違う。初っ端からギア全開といった感じで、言葉のひとつひとつが強く激しく、そして重い。冒頭に続く「けれどわたしは／これからもあなたの影の中に生き続ける」という一節などは、おそらく世の男性一般からすればほとんど呪いじみた告白、怖いくらいの決意表明となっている。

クライマックスは最後二行の結論部。わたしにとっては、あなたこそが「神」。御前に召される時にはきっと、目に「ふたりぶんの涙が滲む」ほどわたしはあなたを愛している！　と詩人はいっている。つまり、ふたりはどこまでも一緒で、死んでこの恋が終わるとは思わない、といっているのだ。

■エリザベスの「愛」と「死」

彼女はブラウニングより六歳年上。思春期に結核という大病をしたせいで、大人になってからもずっと臥せりがち。ゆえに、ろくに男性との接点もないまま四十代を迎えようとしていた。そんなとき、「あなたの詩を心から愛しています（I love your verses with all my heart, dear Miss Barrett）」という手紙（一八四五年一月十日付）を書き送ってきたのが、長年の愛読者にして後輩詩人たるブラウニングだった。

あなたの書くものがとても好きだ……。これはもう一種の求愛。気づけば二人は何百通の手紙を交わし、互いの愛情を深め結婚を誓い合っていた[2]。そうした手探りの求愛期間に彼ら二人がそれぞれ生み出したものが、やがて各々の代表作となる『ポルトガル人のソネット』であり『男と女』なのである。

しかし、自身の病弱を誰より自覚していたエリザベス・バレットにとって、死は常にすぐそこにある未来だった。事実、彼女は十五年の結婚生活を経た後、ブラウニングと一人息子を残し五十五歳でこの世を去る。

そうなることが初めからわかっていたから、ブラウニングとの恋愛の最中にあって書かれた『ポルトガル人のソネット』において、彼女は「愛」と「死」を常に見つめて縒り合わせ、ふたつながらに謳った。「この広い大地は／いつかふたりを別つだろう」と、まるで予言めいて念を押すことを忘れなかった。つまるところ、「わたしから去ればいい」と初めから敢えて突き放し、いつか来る死別の慟哭からの逃げ道を用意することを決して怠らなかった。

いうなれば、これは彼女の負い目と引け目がなせる業。本書でもすでに紹介した夭折の詩人キーツの例もあるように、現世(うつしよ)の恋に身を焦がしながら「永遠」に憧れてやまず、言葉ひとつひとつに死の匂いがつきまとうのは、健康という幸福とは縁遠い詩人が皆等しく背負う宿業だ。そして、詩人エリザベス・バレットを心から愛したブラウニングは、男として同じ詩人として、その宿業ごと彼女をまるごと我が身に引き受けたのである。

■詩人夫婦の至上の愛

「神様になってわたしを抱いて」。

ブラウニングが女の言葉でこう語るとき、彼が愛したエリザベス・バレットの詩との不思議な符合を感じずにはいられない。全体として、女の甘い吐息や囁きの雰囲気が詩行と行間を埋め尽くす「女の繰り言」で、この一節を含む第六連はひときわ異彩を放つ。それはこの部分が実のところ、懇願の体を装った強い希求、つまりは祈りだから。

ブラウニング夫妻の場合、二人の恋をどうか「神様」に見守ってもらいたいなどという軟（やわ）な次元は、とっくの昔に超えている。彼らはみずからの詩の中で、互いを互いの神と呼んで憚らない。神ともども、自分たちが一なるものと信じて疑わない。男と女、そして詩人と詩人として、この二人の間に横たわるものは、初めから死を見据えた強烈な愛。たとえていうなら、神だけがかろうじて割って入って仲間入りを許される、三位一体めいた合一感なのである。

エリザベス・バレットが「わたしの／すること夢見ること　すべてにあなたが／含まれている、ワインに葡萄の味がするように」と、楚々と表現したその合一感を、抱擁と性愛のイメージでより現実的に生々しく提示しているのがブラウニングだ。エリザベス・バレットという女性詩人にはない、彼のこの人間臭さがたまらない。

たとえば、先の「神様になってわたしを抱いて」という三位一体的合一感のくだり。まず直前の第四連と第五連で旧約聖書のエデンの園のイメジャリーを持ち出すことで、ブラウニングはこれをごくしぜんに詩の中心部に導入することに成功している。そして「決して詮索しない」のは「イヴ」みたいに「エデンの園を失うといけないから」[3]と、語り手に溜息混じりに「劇的独白」させることで、神に背きし堕天の罪のエピソードを人間一般の疑り深さの話に置き換え、女が従順をさかんにアピールするのは愛する人＝神だからだと、読者にストンと納得させてしまう。

ブラウニングは、何もかもをわたしたちと同じ目線、人間的尺度から力むことなく語ってくれる。いついかなる時も一人間。そんな詩人だから生み出せたのが、「劇的独白」という手法であり、「女の繰り言」をはじめとする恋愛詩なのであって、そこへ彼を向かわせたのは他ならぬエリザベス・バレットという妻、もう一人の詩人だ。

「わたしは／これからもあなたの影の中に生き続ける」。

彼女が放ったこの一節は、愛の告白である以上に確かな予言。彼女の死から七年が過ぎた頃、「女の繰り言」を含む『男と女』、そして十七世紀ローマの殺人事件をベースにした壮大な叙事詩『指輪と本』(*The Ring and the Book*, 1868~69)によって、ブラウニングは詩人として生前のエリザベス・バレットを凌ぐ名声を確立する。才能と才能の呼応と合一、それによるさらなる詩的豊穣という奇蹟は確かにあって、今日、詩人ブラウニングを彼女抜きで語るような野暮な御仁は、世界中どこをどう見渡してもいやしない。

注

(1)「劇的独白」の定義については、M. H. Abrams and Geoffrey Galt Harpham eds., *A Glossary of Literary Terms*, Thomson Wadsworth, 2005, pp. 70–71を参照。その文学的展開については、Glennis Byron, *Dramatic Monologue*, Routledge, 2003に詳しい。

（2）　二人の間で交わされた書簡は、ブラウニングが出した最初の手紙（一八四五年一月十日付）から数えて、結婚を機にイギリスを離れイタリアへ行く最終確認を行ったエリザベス・バレットからの手紙（一八四六年九月十八日付）まで、全五百七十四通にも及ぶ。

（3）　神によって創造された最初の人間アダムとイヴは、唯一禁じられていた知恵の木の実を採って食べたため、それまで住んでいた楽園（エデンの園）から永遠に追放された。詳しくは旧約聖書「創世記」第二章十五節から第三章七節までを参照。

14

ダンテ・ゲイブリエル・ロセッティ

接吻

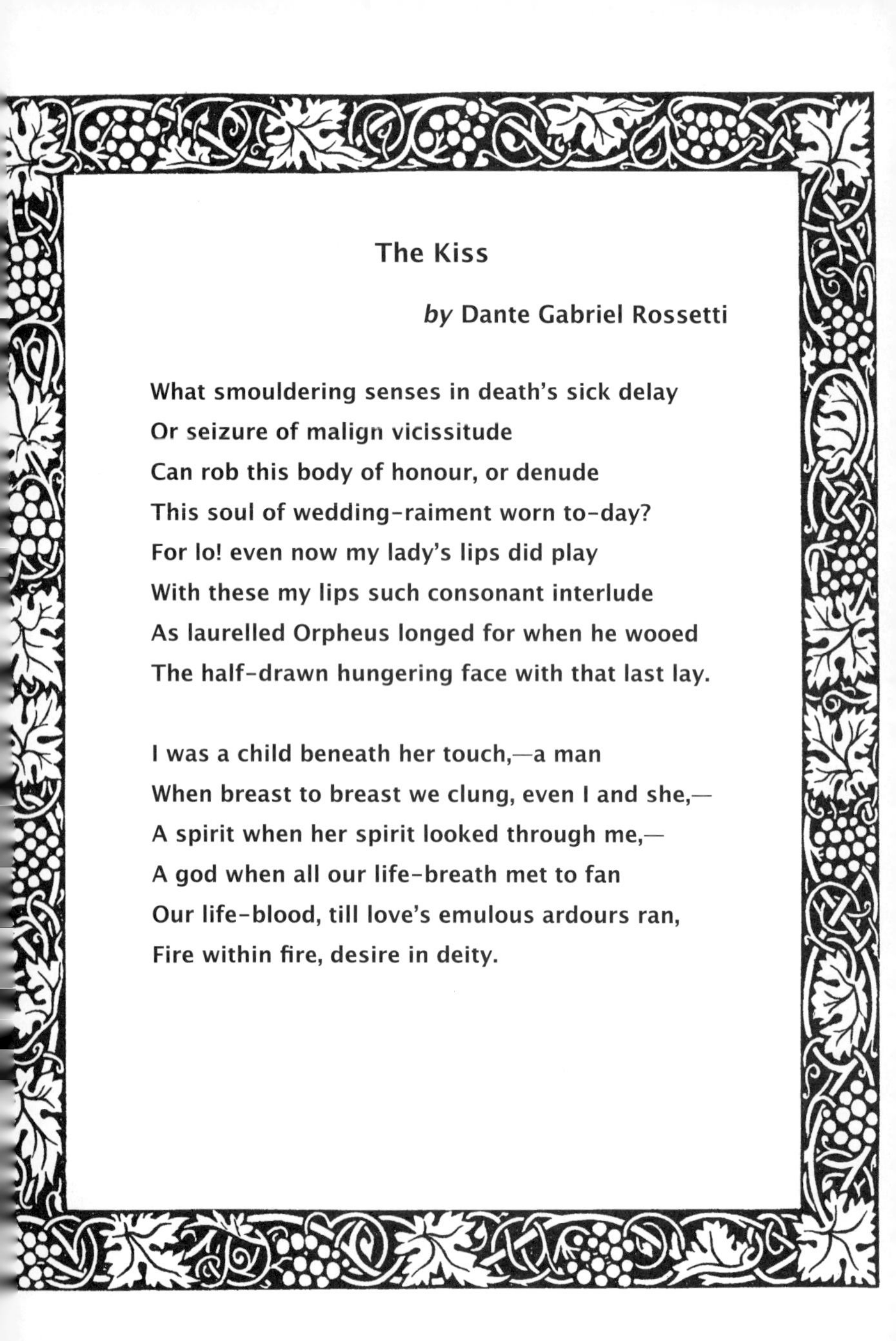

The Kiss

by Dante Gabriel Rossetti

What smouldering senses in death's sick delay
Or seizure of malign vicissitude
Can rob this body of honour, or denude
This soul of wedding-raiment worn to-day?
For lo! even now my lady's lips did play
With these my lips such consonant interlude
As laurelled Orpheus longed for when he wooed
The half-drawn hungering face with that last lay.

I was a child beneath her touch,—a man
When breast to breast we clung, even I and she,—
A spirit when her spirit looked through me,—
A god when all our life-breath met to fan
Our life-blood, till love's emulous ardours ran,
Fire within fire, desire in deity.

接吻

死の病に引きずられ　くすぶり続ける感覚
悪意に満ちて代わる代わる訪れる　突然の発作
それがこの肉体から誉れを奪い、この魂から
今日纏った婚礼衣装を　剥ぎ取るのか？
見てみろ！　妻の口唇(くちびる)は　わたしのこの口唇と
今もこんなにぴったり　間奏曲を奏で合う
月桂冠のオルフェウスが　半ば消えゆく
妻の顔を　最後の歌で乞い願ったように。

彼女に触れられれば　ただの子供、――男
になるのは　胸と胸を合わせ抱き合うとき、
彼女の魂がわたしを見据えるときは魂に　――

二人の生命の息吹が出逢って　血が滾れば
神になる、やがて愛の不屈の熱情が迸る、
炎の中に炎が、神なる者の裡に欲望が。

＊　＊　＊　＊　＊

■詩と絵画

経験と感動の言語化が普段から習い性と化している詩人は、愛を謳うとなったら、決して言葉を出し惜しみしたりはしないものだ。たとえば、「あなたはわたしの太陽（You are my sunshine）」とは蓋し名言で、キザといえばキザかもしれないけれど、いざという場面でこれくらいのことをいったり書いたりできないようでは、人生何から何まで言葉で勝負の詩人にはとても向かない。

そもそも愛する人を「太陽」に譬え、唯一無二の存在としての崇高と不可欠を訴えるのは、本書の冒頭で紹介したとおり、十六世紀の昔にシェイクスピアもソネットでやっていたこと。さらに愛する人を「神」と呼び、いよいよ絶対的な従順と信頼と不離一体とを誓い合ったのが十九世紀のブラウニング夫妻であったことも、前章で述べたとおり。こうなってくると、愛する人＝太陽や神という比喩が、もはや恋愛詩における完全なる正攻法であるとわかる。ただし、正攻法であるがゆえに、これはメタファーとしてはごく初歩的でもある。今あらためて注目し評価すべきは、こうした理の当然ではなく、プラス・アルファの部分。多くの詩人がそうしてきたように、愛する人を神や太陽と称えながら、そこにどんな別のイメージが付与されているか。あるいは、そこからどれだけ新たなイメージの世界が拡充されているか。

この意味で、抜群のオリジナリティを発揮し、詩人としての確かな個性を見せつけるのがダンテ・ゲイブリエル・ロセッティ（Dante Gabriel Rossetti, 1828～82）であり、その詩「接吻」（"The Kiss", 1870）である。

おそらく一般的には、ロセッティはイギリスの詩人としてというより、十九世紀後半のヨーロッパを席捲した芸術家集団ラファエル前派兄弟団（Pre-Raphaelite Brotherhood）の一員として、つまりは画家としての知名度のほうが高い。実際、《プロセルピナ》（*Proserpine*, 1874）や《ベアタ・ベアトリクス》（*Beata Beatrix*, 1864～70）など、彼の手による神秘的で官能的な数多の女性像はつとに人気で、所蔵先であるロンドンのテイト・ブリテン美術館でも、これらの絵の前には大抵ちょっとした人だかりができている。

似たような状況を、図書館や本屋、もしくは美術館併設ショップの詩集コーナーの前で目の当たりにしたことがあるかといえば、ない。もしかすると、世間の少なからぬ人たちはロセッティが詩人であることを知識として知ってはいても、彼の絵ほど彼の詩に興味を持ってはくれないのかもしれない。

しかし、それはいかにもまずい。少なくとも、それではロセッティ本人の意に背く。

■ロセッティの本質

実のところ、ロセッティは画家である以前に詩人だ。これは文字通りの意味でいっているのであって、彼は十歳にもならないうちからシェイクスピアに親しみ、十二歳になった頃には、絵よりも先に詩を書くようになっていた。「何よりもまずわたしは詩人であり、主としてわたしの絵に価値を与えているのは、わたしの詩的な性向に他ならない」（一八七〇年四月二十一日付 T・G・ヘイク宛書簡）とは、ロセッティ自身の弁である。[1]

自分は本質的に詩人なのだ――。画家としてはすでに功成り名を遂げていた一八七〇年当時のロセッティ自身によるこの決定的な言質がある以上、どちらが客観的により優れているかという問題はさておき、彼の詩は最低限、彼の絵と同程度には尊重されるべきだ。そして、この「詩人宣言」と同年に発表された代表作のソネット詩集『生命の家』（*The House of Life*）、特にその第六番「接吻」には、ぜひとも目を通しておくべきだろう。

図３《祝福されし乙女》
ダンテ・ゲイブリエル・ロセッティ（ハーバード大学フォッグ美術館蔵、全体と部分）

図4 《パオロとフランチェスカ》
ダンテ・ゲイブリエル・ロセッティ(ヴィクトリア国立美術館蔵)

題のとおり、「接吻」はキスという行為を扱った詩。そしてキスシーンは、本人によるレプリカが複数存在する《祝福されし乙女》(*The Blessed Damozel*, 1875~78)の背景部分(図3)や《パオロとフランチェスカ》(*Paolo and Francesca da Rimini*, 1867)(図4)など、ロセッティの主要絵画作品に頻繁に登場する。つまり、接吻はロセッティ作品における主要コンセプトのひとつなのであり、その如何を知るにあたって、画家本人による「接吻」という詩以上の解説はこの世に存在しない。ロセッティの詩は彼の絵を鑑賞し研究する上でも必要不可欠、最高の一次資料であることは確かだ。

■ペトラルカ風ソネットの名手

まず形の話から入ると、「接吻」はまごうことなきペトラルカ風ソネット。本書でもすでに第十章で詳しく紹介したとおり、十六世紀にトマス・ワイアットがイギリスに導入した中世イタリア生まれのこのソネットは、問いかけとなる前半八行（オクテット）、それに対する答えとなる後半六行（セステット）の二つに分かれる仕組みである。

この古式ゆかしいペトラルカ風ソネットを得意とし、盛んに用いて十九世紀に復活させたに等しいのが、ロセッティという詩人だ。イギリス文学では後から登場したシェイクスピア風ソネットのほうが一般的なのだが、ひと目でアングロ・サクソン系ではないとわかる名字が示すように、実のところロセッティは、イギリス生まれイギリス育ちのイタリア人。著名なダンテ研究者であったイタリア人の父親と、イタリア人とイギリス人のハーフの母親との間に生まれたから、正確には四分の三イタリア人ということになるが、彼の中に濃く脈々と受け継がれたイタリアの血、あるいは子供の頃からダンテという中世イタリア文学に当たり前のように親しんできた知的な家庭環境[2]が、彼をごくしぜんにペトラルカ風ソネットへと向かわせた。そして同世代の他のどんな詩人よりも慣れ親しませたことは、改めていうまでもない。

だから「接吻」というペトラルカ風ソネットにおいて、ロセッティはごくしぜんに、まるでそうするのが当たり前のように、自身の性的体験や尽きることのない肉欲までも赤裸々に、しかも決して下品にならずに語ることができるのである。

「妻の口唇は　わたしのこの口唇と／今もこんなにぴったり　間奏曲を奏で合う」。

前半五行目から六行目にかけてのこの一節は、「接吻」と題された詩の面目躍如。「口唇」と「口唇」が重なるときの、あの切ない感覚の再現だ。ロセッティはそれを楽章の合間、器楽と器楽がほんのひととき甘く自由に重なり合う「間奏曲」のイメージで表現している。続けてギリシャ神話の「オルフェウス（Orpheus）」の冥府下りの話を持ち出し、音楽的イメジャリーを一気に膨らませ完成させることによって、彼はさらに妻との「接吻」を一生に一度レベルの切望にまで昇華させているといっていい。

毒蛇に噛まれて死んだ妻エウリュディケー（Eurydice）を諦めきれず冥府に入り、みずからの竪琴の音と「歌」で神々の涙をも誘って、決して後ろを振り返らぬという約束で妻を冥府から取り戻すことを許された詩人オルフェウス。しかし、彼は冥府の出口に差しかかる最後の最後で、ひと目妻の「顔」見たさに後ろを振り返り、ために彼女を再び永遠に喪った。

オルフェウスの冥府下りは、いわば亡き妻恋しの物語。それに被せてロセッティがみずからの「接吻」を謳うのは、彼自身が正にオルフェウスそのものだったから。

■最愛の妻リジーの死

事実、二度と戻らぬ「妻」との、二度とは叶わぬ「接吻」を謳ったのがこの詩。というより、本作が収められた詩集『生命の家』そのものが、「死の病に引きずられ」続けたロセッティの亡妻、エリザベス・シダル（Elizabeth Eleanor Siddal, 1829~62）に捧げられたものだ。

エリザベスこと通称リジーは、ラファエル前派の美の女神(ミューズ)。ラファエル前派全作品中の最高傑作、かの夏目漱石（夏目金之助、一八六七~一九一六）も『草枕』（一九〇六）で言及し、日本でもその人気の高さゆえに二十一世紀に入ってからだけでも二度もわざわざイギリスから巡回している名画[3]、ジョン・エヴァレット・ミレイ（John Everett Millais, 1829~96）作《オフィーリア》（*Ophelia*, 1851~52, Tate）のモデルが彼女だといえば、納得してもらえるだろうか。

画家とモデルとして出逢い、惹かれ合ってそのままずるずると足掛け十年にも及んだ交際期間の中で、ロセッティは自分のすべてをリジーに惜しみなく与え、教えた。彼女はロセッティの見よう見まねから始めて、描かれる側から描く側にまわり画家となったのであり、同じように詩を読んで書くことも覚えた[4]。

つまり、ロセッティにとってリジーは恋人にして弟子。彼同様、画家にして詩人。そんなふうに自分の後を自分が教えたとおりに一生懸命ついてくる女性が、男にとって愛おしくないはずが

図５　《ハムレットとオフィーリア》
ダンテ・ゲイブリエル・ロセッティ
（オックスフォード大学アシュモリアン美術館蔵）

ない。

　正直、折に触れ他の女性に目移りはしたものの、ロセッティにとってリジーは別格。別れようと思えばいつでも別れられたのにそうしなかったのはもちろん、己を画家以上に詩人であると豪語する彼にとっての、いわば聖域であるダンテやシェイクスピア文学に基づく絵画では、リジー以外の女性がモデルに使われることはほとんどなかった。先に言及した《パオロとフランチェスカ》然り、二十一世紀に入ってから新たに発見された水彩《ハムレットとオフィーリア》（*Hamlet and Ophelia*, 1866）（図５）然りで、文学における無垢な乙女の代名詞的存在であるフランチェスカやオフィーリアは重たげな瞼が特徴的な妻リジーの顔で描かれている。逆に、何ら文学的・精神的背景を持たない唯美主義的作品群は、その時々の恋人や愛人がモデルになっているのが常である。女の棲み分け、使い分けといってしまえばそれまでだが、これはロセッティにとってリジーという女性がある種別格であったことの、ひとつの証左ではあるように思う。

　ただし、複数回に及ぶ婚約破棄を含む長い交際期間の後の二年にも満たない短い結婚生活は、彼の女性関係に悩み、精神の安定を崩したリジーが、ロセッティの留守中に阿片チンキを大量摂取し死亡するという形で突然幕を下ろした。自責の念に囚われたロセッティは、それまで書き溜めていた詩を全部リジーの棺とともに埋葬したが、これはリジーへのせめてもの餞（はなむけ）であったのと同時に自身への厳しい戒め。詩人が詩を封印するというのはこれ以上ない自戒であり、ロセッティが誰にいわれずとも、みずからでみずからを罰したのは明らかだ。

■詩への執着

　ところが彼は後になって、人を介してリジーの墓から詩の原稿を掘り返したのである。自分が何をしているかくらいわかっていただろうが、墓を暴くというのは、亡骸とはいえ形ある肉体をそのまま土葬するヨーロッパ・キリスト教社会における最低の所業。最もおぞましい罪のひとつである。

　そうまでしてロセッティが世に出したのが『生命の家』であり、この「接吻」という詩なのだ。下世話な話、彼以上に優れた抒情性を発揮し、彼より先に有名詩人となっていた妹クリスティーナ（Christina Georgina Rossetti, 1830～94）や友人のアルジャーノン・チャールズ・スウィンバーン（Algernon Charles Swinburne, 1837～1909）、それに長大な叙事詩『地上楽園』（*The Earthly Paradise*, 1868～70）を完成させたばかりだった弟分のウィリアム・モリス（William Morris, 1834～96）らの存在が、ロセッティの詩人としての功名心に焦燥感という拍車をかけていたことは想像に難くない。しかも画家として致命的なことに、この時期、彼は目を悪くし視力もだいぶ落ちていた。(5)

背に腹は代えられない。妹や友らに後れを取ることなく、画家生命の危機をも相殺するには、いったんは妻とともに葬り去ったソネットたちをかき集め、出版するしかなかった。たとえ悪魔の所業であっても、その結果得られるはずの詩人としての成功は、幼少期から自他ともに「詩的な性向」を認めてきたロセッティの悲願でもあったのだから。

■リジーへの全人的な愛

実際、どの時代の誰の目からみても、詩人としての並々ならぬ稟質を認めないわけにはいかない強烈な個性が、ロセッティにはある。わけても「接吻」の後半六行を読み返すにつけ、今さらながら深々と確信するのは、彼のリジーに対する全人的な愛のありようだ。

「彼女に触れられれば」嬉しくて、「子供」みたいになってしまう。変にはしゃいだり、意地悪したりもする。けれど「胸と胸を合わせ抱き合うとき」は「男になる」。要は猛々しく交わるといっているのであり、この後半部分は明らかにセックスを連想させる。

しかし、それだけじゃない。「彼女」を見ると「血が滾」り欲情を覚えるのは事実だけれど、決してそれだけではないと、ロセッティは詩の最後にかけて、慎重に言葉を積み重ねる。「魂」と「魂」が呼び合うのだと、つまり肉体だけでもなく精神だけでもなく、その両方でもって愛し愛されているのだと……。

これが全人的な愛、あなたの何から何まですべてを愛し必要としているという意味でなくて、一体何だというのか。

■詩人の挑戦とヴィクトリア時代の社会

この「接吻」の発表当時は俗にいうヴィクトリア時代。ヴィクトリア女王（Alexandrina Victoria, 1819～1901）の治世下、新興の中産階級が貴族や大地主を抑え、いよいよ完全に社会の主役にのし上がった時代だが、ヴィクトリアンという時代と社会は、ロセッティのこの詩の意味をなかなか理解してはくれなかった。

まあ、仕方ないといえば仕方ない。かつての主役であった貴族階級との決別と差別化を意識し、自分たちより下の労働者階級を教化すべく、中産階級主体の時代と社会がスローガンに掲げていたのは公序良俗。貴族文化の代名詞ともいうべき怠惰や頽廃を拒絶し、夫君亡き後、十年が過ぎ二十年が過ぎても延々と喪に服し続ける女王を範として、少なくとも表向き高いモラルを保ち続けることだった。ゆえに芸術一般にも道徳的な健全さが無闇に求められた面があり、そんな時代にこんな官能的な詩を世に出したロセッティは、「詩の肉感派（fleshly school of poetry）」などとさかんに揶揄されたのである。(6)

しかし、敢えていわせてもらう。この詩の官能性に確かに宿る精神性を解せず、あくまで人間の肌感覚から絶対的な愛という神の領域を目指す詩人の挑戦を挑発と勘違いし、世の風潮が味方をするのをいいことに「肉感派」などと囃し立てた輩の目は、やっぱり曇っている。いや、節穴だ。

「二人の生命の息吹が出逢って」そこに確かな愛が生じるとき、肉体の悦びはひときわ深まり昂って、天の頂きまで上り詰め人は「神になる」。ロセッティはこういっているのである。時に獣的なものとして貶められがちな愛の行為の恍惚を、彼はとことん神聖視し、「炎の中に炎」が宿るように、互いに愛し愛される「神なる者の裡に欲望」が宿ることを全肯定する。「愛の熱情」として迸る人間の生々しいエクスタシーを、どこまでも称揚している。

これは、世の風潮や都合に合わせて精神と肉体を無闇に分け隔てすることなく、いついかなる時も二つ併せ持つのが人間であると素朴に信じて疑わない者の弁。詩人自身が常にひとりの「男」であり、人間であることを忘れずにいるから、堂々といえることだ。

ロセッティにとって、肉体と精神はひとつながりのもの。だから詩と絵の別を問わず、彼の芸術において「口唇」と「口唇」を重ね合わせることは、「魂」と「魂」の交合を意味する。キスをするたび、妻の口唇は自分のそれと「ぴったり」「間奏曲を奏で」合って、震えるほどの一体感を詩人に与えるのである。

■愛の喪失

しかし実のところ、ロセッティが妻に最後に与えたものは何であったか。近年、これまで未発表の作品を集めた詩集（Serena Trowbridge, ed., *My Ladys Soul: The Poems of Elizabeth Eleanor Siddal*, Victorian Secrets, 2018）が刊行されるなど、詩人としてとみに再評価の進むリジーことエリザベス・シダルではあるけれど、正直、彼女は悲しい詩ばかり書いている。たとえば、「いくら慰めの言葉をかけられても／わたしの魂は休まらない」「もうあなたに愛はあげられない／昔ささげたあの愛は[7]」と絶望し、それでも最後に「出て行って、でもさよならは言わないで／目が覚めて、泣いてしまうといけないから[8]」と結ばれる「疲れ果てて」（"Worn Out"，制作年不詳）という作品などは、読んでいていかにも辛い。これは詩というより、安らぎを忘れた女の悲痛な嘆きだ。

詩人は言葉が全て。ではあるけれど、言葉だけでは駄目なのだ。神々を涙させるほどの詩人オルフェウスでさえ、喪った妻を、失った愛を、二度と取り戻すことはできなかったのである。ロセッティもリジー亡き後、《ベアタ・ベアトリクス》という絵で再び彼女を描き、一枚の絵という形で鎮魂の祈りを捧げてはいるけれど、それで彼女が帰って来たわけじゃない。妻の死後から心身の不調に苦しみ続けた彼が、救われたわけでもない。

愛しているなら、生きているうちに言葉だけでなく、日常の日々のなかでうんと愛しておかなければ。

男も女も。たとえ言葉が全ての詩人であっても。

注

（1） "My own belief is that I am a poet（within the limit of my powers）primarily, and that it is my poetic tendencies that chiefly give value to my pictures."（Letter to T. G. Hake, 21 April 1870）.
（2） ロセッティの家庭環境、特に彼の父親が子供たちに与えた影響については Dinah Roe, *The Rossettis in*

Wonderland: A Victorian Family History, Haus Publishing, 2013 に詳しい。

（3）「ジョン・エヴァレット・ミレイ展」（二〇〇八年、於北九州市立美術館、Bunkamura ザ・ミュージアム）と「ラファエル前派展」（二〇一四年、於森アーツセンターギャラリー）。

（4）ロセッティの下でのリジーの芸術的鍛錬については、Serena Trowbridge, ed., *My Ladys Soul: The Poems of Elizabeth Eleanor Siddall*, Victorian Secrets, 2018, pp. 10–17; Jan Marsh and Pamela Gerrish Nunn, eds., *Pre-Raphaelite Women Artists*, Thames and Hudson, 1997, p. 114 を参照。

（5）一八六〇年代の後半から、ロセッティは視力の低下に加え頭痛、不眠等の様々な不調に悩まされ続けた。詳しくは Pamela Todd, *Pre-Raphaelites at Home*, Watson–Guptill Publications, 2001, pp. 128–129 を参照。

（6）スコットランド出身の作家ロバート・ブキャナン（Robert Williams Buchanan, 1841～1901）がロセッティおよびスウィンバーンの作風を揶揄し、『コンテンポラリー・レビュー』第十八号誌上（*The Contemporary Review*, Vol.18, August-November, 1871）で用いた評言。

（7）'Low words of comfort come from thee / Yet my soul has no lost'; 'I cannot give to thee the love / I gave so long ago'.（*ll.* 3–4; 9–10）

（8）'Then leave me, saying no goodbye / Lest I make wake, and weep'.（*ll.* 19–20）

15

マシュー・アーノルド

ドーヴァー海岸

The Sea of Faith
Was once, too, at the full, and round earth's shore
Lay like the folds of a bright girdle furled.
But now I only hear
Its melancholy, long, withdrawing roar,
Retreating, to the breath
Of the night-wind, down the vast edges drear
And naked shingles of the world.

Ah, love, let us be true
To one another! for the world, which seems
To lie before us like a land of dreams,
So various, so beautiful, so new,
Hath really neither joy, nor love, nor light,
Nor certitude, nor peace, nor help for pain;
And we are here as on a darkling plain
Swept with confused alarms of struggle and flight,
Where ignorant armies clash by night.

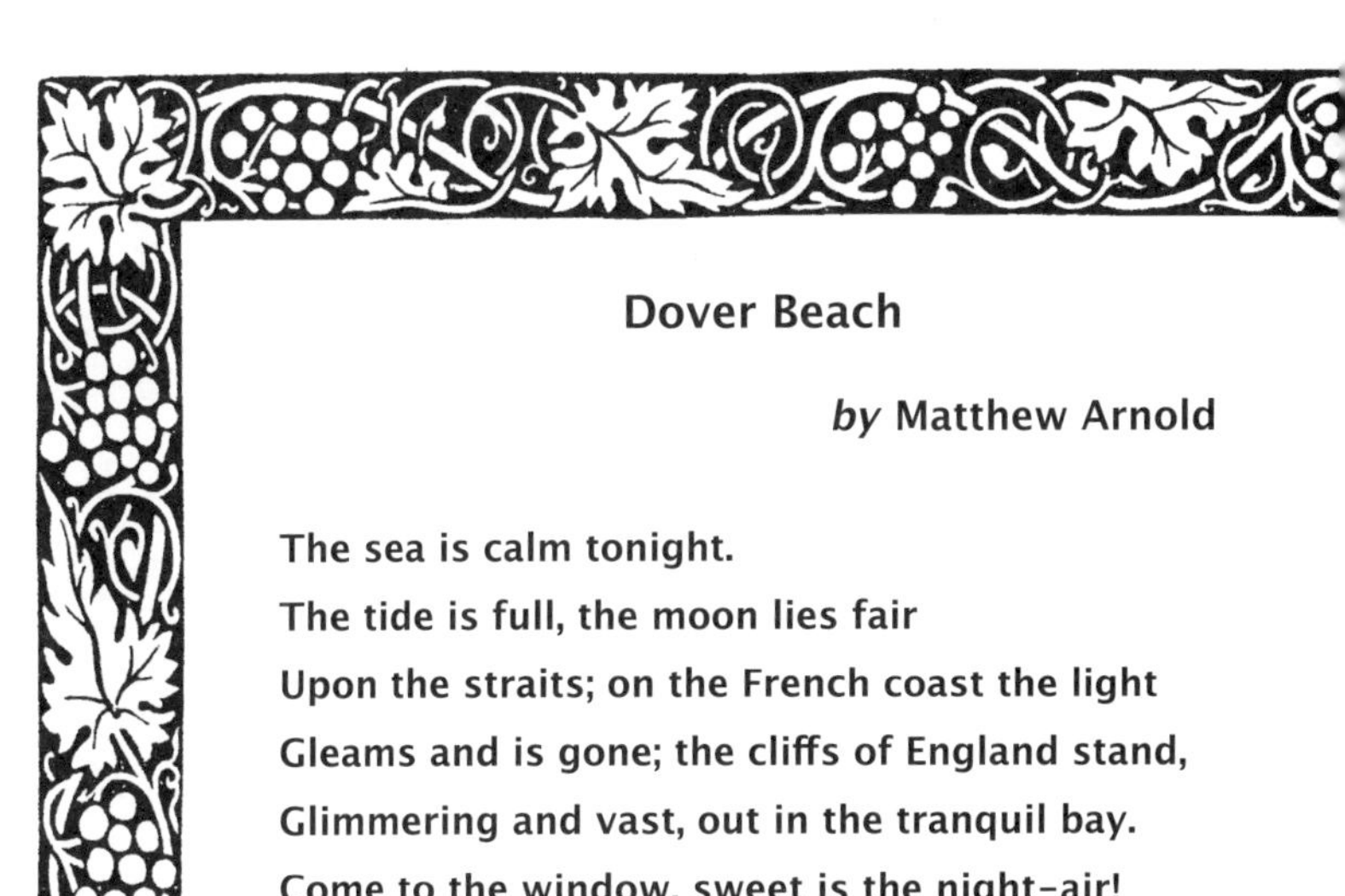

Dover Beach

by Matthew Arnold

The sea is calm tonight.
The tide is full, the moon lies fair
Upon the straits; on the French coast the light
Gleams and is gone; the cliffs of England stand,
Glimmering and vast, out in the tranquil bay.
Come to the window, sweet is the night-air!
Only, from the long line of spray
Where the sea meets the moon-blanched land,
Listen! you hear the grating roar
Of pebbles which the waves draw back, and fling,
At their return, up the high strand,
Begin, and cease, and then again begin,
With tremulous cadence slow, and bring
The eternal note of sadness in.

Sophocles long ago
Heard it on the Ægean, and it brought
Into his mind the turbid ebb and flow
Of human misery; we
Find also in the sound a thought,
Hearing it by this distant northern sea.

ドーヴァー海岸

今宵　海はしずか。
潮は満ち、月は輝き、
海峡を照らし出す。——フランスの海岸は燈火(あかり)が
かすかに明滅し、イングランドの白く輝く
巨大な崖は、凪いだ湾を見下ろしている。
窓のそばへ　来てごらん、夜風がやさしい！
海が　月明りに白くうかぶ陸(おか)と出あって
水しぶきが長い列なす　あのあたり、
聞いてごらん！　波が引いては返し、寄せては
浜へと打ち上げる　無数の小石の擦れあう音を、
聞こえたと思えば止んで、止んだと思えば聞こえてくる、
ゆるやかで　震えるような律動(リズム)の、

終わりなき　悲しみの調べ。

ソフォクレスは　遠い昔
エーゲ海でそれを聞き、
人の世の苦しみの
濁った潮と流れを識った。われわれもまた
この遠く離れた北の海で
波の音に　思想（おもい）を得る。

信仰の海
これもかつては満ち溢れ、この地球の周りを
明るい光の帯のように幾重にも取り巻いていた。
しかし今　聞こえてくるのは
その物憂く、長い、引き潮の轟音（ひびき）
夜風に吹かれての、侘しく巨大な断崖と

この世の　むき出しの小石たちに至る後退。

ああ、愛する人よ、せめて互いに
誠実でいよう！　目の前の世界は、
まるで夢の国のように、かくも多彩で、
美しく、新しく　見えるけれど、
本当は　喜びも、愛も、光も、
確信も、平和も、苦痛に対する救いもない。
われわれは　暗がりの平原にあり
闘争と敗走の　入り乱れる警鐘に押し流されて
夜に敵味方もわからず衝突しあう　無知な軍隊。

＊　＊　＊　＊　＊

■詩人の問題意識

果たして、これを恋愛詩と呼んでいいものかどうか――。正直、悩まないわけではない。「今宵海はしずか」と何ら衒いなく、つまりこれ以上望むべくもなく滑らかな出だしで幕を開ける「ドーヴァー海岸」（"Dover Beach", 1849 or 1851?, published in 1867）は、冒頭をさらっと一読するかぎりでは、明らかに優れた風景詩の趣だ。

十九世紀後半を代表する詩人の一人、マシュー・アーノルド（Matthew Arnold, 1822～88）の最も有名な詩である本作は、十八世紀末から十九世紀前半にかけ、ウィリアム・ワーズワス（William Wordsworth, 1770～1850）を白眉とするロマン派詩人たちが確立した自然賛歌の詩的流儀、すなわち自然に自己の思想を仮託し披瀝するイギリス詩の伝統を明らかに汲んでいる。詩人は目に映る海峡の美、耳に響く波の音に、「終わりなき　悲しみ」を感得しているのだから。

それだけではない。「ソフォクレス」に「信仰の海」という、それぞれ唐突な一言で始まる第二連と第三連は、寄せては返す波に古代より変わらぬ「人の世の苦しみ」と、科学の進歩と発展目覚ましかった近代イギリス社会における「信仰」の「後退」とを共に痛感せずにはいられなかった詩人の呟き。普遍的かつ時局的な問題意識と批判精神に溢れている。

つまるところ、「ドーヴァー海岸」は抒情に満ちた警鐘の詩。事実だから、これに異を唱える者はまずいないし、ここでそうするつもりもさらさらない。

■イギリス的な恋愛詩

ただ、年来の持論を少しばかり差し挟んで言葉をつけ足し、悩んでも迷うことなく、断言しておきたい。本書最終章に位置するこの詩は、近代というものを背景にした、ひどくイギリス的で、とてもスケールの大きな抒情詩であり恋愛詩だ。少なくとも、詩人は愛を語りながら、全てを語ろうとしている。自然も歴史も信仰も、何もかも全部――。

第四連冒頭の「愛する人よ、せめて互いに／誠実でいよう！」まずはここが、この詩を恋愛詩と呼びたい所以。詩人はお互い誠実でいよう、と誰かに呼びかけ、愛を語りかけている。単純だけれど決定的だ。

決定的な呼びかけは、ここに限ったことではない。海と波の描写に支配された第一連、先に述べたように一見して風景詩めいた部分にもすでに存在するのであって、「窓のそばへ　来てごらん」、「聞いてごらん」と、詩人は一度ならず誰かを優しく誘っている。

その「誰か」が作者アーノルドの妻であり、二人が新婚旅行でイングランド南東部ケントの港町ドーヴァーを訪れたこと、そしてその経験が本作の礎の一端になっていることは、よく知られ

た伝記的事実であり、この詩を語る上で決して避けて通ることのできない大切な基本事項といっていい。(1)

■古い港町ドーヴァー

ヨーロッパ大陸に一番近い州であるケントの、そのまた最東端に位置するドーヴァーは、ざっと見積もっても千年の歴史を誇る港湾都市。英仏海峡に面した軍事上の好立地のため、中世の昔から二十世紀にいたるまで、常に国防の最前線として機能してきた。

その証拠に、ドーヴァーとフランス最北端の港町カレーとの間に横たわるドーヴァー海峡は、ちょうど英仏海峡の最狭部にあたり、その距離約三十四キロ。イギリスの最も有名な古城のひとつドーヴァー城の櫓(やぐら)で見張りに立つ古(いにしえ)の軍人ならずとも、天気と視力さえ良ければ誰だって、遠くフランス北岸付近まで視野に収められる。だからこそ「月」の輝く夜、ドーヴァーに逗留していた詩人にも、「フランスの海岸」で「燈火が／かすかに明滅」する様子が見えた。

後に続く「イングランドの白く輝く／巨大な崖」にいたっては、ドーヴァーの他に類を見ない地質的特徴であり、つまりは対岸に位置するフランスはじめ大陸諸国から見たイギリスという国のアイコンそのもの。波に洟われ削られ、イングランド南部独特の石灰質の土壌がむき出しになっ

図６　崖の上に聳え立つドーヴァー城（©藤森靖允）

図７　海峡に面した白い崖（©藤森靖允）

ているドーヴァーの海岸風景は、今も「ドーヴァーの白い崖（White Cliffs of Dover）」と異名をとるほど目立つし、珍しい。ゆえに古の昔にいたっては、これを初めて目の当たりにしたローマ人たちにより、ブリテン島はラテン語で「白の陸（おか）」を意味する「アルビオン（Albion）」と、今の英語でいえば「ホワイト・ランド（White Land）」とさかんに呼ばれたのである。

したがってアーノルドは、詩のタイトルはもちろん、第一連の冒頭部に「フランスの海岸」と「イングランドの白く輝く巨大な崖」を共に持ち出すことで、自分が今どこにいるのかということを、まず地理的かつ視覚的にはっきり訴えているといっていい。

大陸と切り離された島国であることを、否でも意識させられる古い港町ドーヴァー。ここから己の思考と詩想が始まっていることを、視覚の面から具体的かつ直截的に強調しているのである。

■視覚から聴覚的描写へ

その強調が、視覚からやがて聴覚方面へと変化してゆくのは、「窓のそばへ　来て（＝見て）ごらん」という妻への優しい呼びかけが、感嘆符付きの「聞いてごらん！」という性急な呼びかけに変わっていることから明らか。原詩でいえば Listen というシンプルな一言によって、視覚から聴覚への意図的な感覚のギアチェンジが行われている。

図８　ドーヴァーの石浜（©藤森靖允）

これが何のためかというと、波のイメージを最大限活かすため。白い崖の視覚的描写はいわば前座であって、本作の構造上のポイントのひとつは、そこに打ち寄せる波の「音」にこそある。それに気づくことさえできれば、先述したように一見唐突な出だしを擁する第二連も第三連も、実は第一連と見えないところでスムーズにつながっていて、その結果、作品に大変な広がりと深まりがもたらされているとよくわかる。すなわち、波の音がこの詩の響きをより重層的にしているのだ、と。

この点からいって、繰り返し読んで注目すべきは、第一連の最後四行だろう。詩人が妻に、ひいては読者であるわたしたちにも耳を傾けるよう促しているのは、「無数の小石の擦れあう音」。現実レベルの話をすると、ドーヴァーの海岸は砂浜ではなく石浜で、波が寄せると浜辺の「無数の小石」

が一斉に軋り出し、ザーッ、ザザーッと寄せてきてはシャラシャラと引いていく、何とも不思議な波音が辺りに響き渡る。詩人はそのゆるやかな一定の間隔を「震えるような律動」と称し、耳に快くもどこかザラついた感触の残る波の響きに「終わりなき　悲しみ」を感じてやまない。悠久の昔から変わらぬ不思議な波の音に、いつの世もなぜか人間につきまとう悲哀を想っているのである。

人間である以上、誰も悲しみから逃れることはできない。人生に喜びより多く訪れがちな悲しみこそは、ある意味、人が人であることの証なのかもしれない。「ドーヴァー海岸」の冒頭第一連から早くもアーノルドが伝えるものは、個人の経験をはるかに超えた人の世の常であり理(ことわり)。悲しみこそが人間の証明という普遍的真実だ。

■ワーズワスとアーノルド

しかし、これを風景に仮託して端的かつ完璧に謳った最初の詩人、最も優れたイギリスの詩歌は、おそらく十九世紀のアーノルドでも「ドーヴァー海岸」でもない。先に言及した彼より二世代上のワーズワスであり、十八世紀末に誕生した彼の傑作「ティンターン・アビー数マイル上流にて詠める詩」(“Lines Composed a Few Miles Above Tintern Abbey, On Revisiting the Banks of the Wye During a Tour. July 13, 1798")だろう。

……あの時代は過ぎ去った。
あの疼くような喜びと
めくるめくような　歓喜は
いまはもうない。
……(中略)……
　　しばしば　わたしが耳にするのは、
人間性にともなう静かで悲しい音楽、
厳しく耳障りでもなく、心を鍛えやわらげてくれる
力に満ちた音楽なのだ。

(八十二—九十三行、出口保夫訳)

イングランドとウェールズの国境近く、ワイ河のほとりに建つティンターン・アビーは、十六世紀の宗教改革以前に存在した昔の大修道院跡。今なお名高いイギリスの風景画家、ジョゼフ・マロード・ウィリアム・ターナー(Joseph Mallord William Turner, 1775〜1851)も繰り返し絵に描

いた、近代イギリスで最も人気のあった景勝地のひとつだ。

しかし、もはや廃墟となった修道院を訪れたワーズワスが謳ったものは、景勝の如何ではない。むしろ彼はティンターンという場所については何ら語っていないに等しく、詩全体を通じて、あくまで自意識の変遷、みずからの魂の成熟を語っている。

過ぎ去りし青年の日々の「疼くような喜び」は失われたけれど、それと引き換えに「人間性にともなう静かで悲しい音楽」を耳にするのだと。十六世紀の昔、宗教改革に付随した修道院解体令によって破壊の憂き目に遭ったティンターン・アビーに、人と神と歴史が揃って初めて織りなせる廃墟の美があるように、何かを失うことの悲しみを知って初めて得られるものが、人間にもあるのだと……。

少なからぬ識者が指摘するように、アーノルドとワーズワスは、明らかに同じことをいっている(2)。その音楽的イメージからして、二世代下のアーノルドの「終わりなき悲しみの調べ」が、ワーズワスの「人間性にともなう静かで悲しい音楽」のエコーであることは、まず間違いない。

■長く重い歴史のメタファー

およそ文学における幸福な才能の連鎖のひとつがここにあるが、誰の目にもそれとわかる先人へのオマージュは、一種のスパイス。調味料の味しかしない料理があってはならないように、読者のデジャヴを誘って作品世界への親和性を一気に高める記憶装置は、それ以上でもそれ以下でもあってはならない。詩全体が先達の秀作のエコーに成り下がらぬよう、ありったけの敬意を込めて用いた後は、他の誰でもない自分自身の詩的世界へ、一刻も早く戻って切り替えなければ。アーノルドが第一連を終え第二連を始めるにあたり、やにわに「ソフォクレス」を持ち出しているのは、正にそのためだ。

ごく普通に考えて、ソフォクレス（Sophocles, c. 497～406 BC）が第二連でいきなり登場する必然性はただひとつ。紀元前五世紀の悲劇詩人たる彼が、神意と運命に翻弄され、決して「悲しみ」から逃れられぬ人間の宿命ばかりを描いたから。アーノルドの言葉をそのまま借りれば、ソフォクレスも「遠い昔／エーゲ海で」、詩人がドーヴァーで聞いたのと同じ「悲しみの調べ」を、ずうっと聞いていたに違いないからだ。

ただし、第一連と第二連を繋ぐ悲劇ないし「悲しみの調べ」という共通項は、ソフォクレス登場の必然の説明とはなっても、ただひとつの理由とはならない。何より彼が生きていたのは紀元前、気の遠くなるほどの昔なのである。ならば「ソフォクレス」という詩語が担い示唆するものは、「悲しみ」の他にもうひとつ、歴史である。古代ギリシャである。

いうなれば、ワーズワスにとってのティンターン修道院跡、すなわち長く重い歴史のメタファーが、アーノルドにとっては古代ギリシャの「ソフォクレス」なのだ。そして第二連の最後三行、「われわれもまた／この遠く離れた北の海で／波の音に思想を得る」とは、長く重い歴史に鑑みての自虐と自負が複雑に入り交じる一節。

実際、眼前に広がるドーヴァーの海峡を「エーゲ海」より「遠く離れた北の海」と呼ぶのは、いかにもアーノルドらしい。彼は、大陸諸国と比して顕著なイギリスの文化芸術の後進性が、大陸から切り離された島国性、すなわち地方性に由来すると主張して譲らなかった。それでいて、自身を含めた「悲しみの調べ」識る「北の」島国イギリスの詩人らが、長く遠い歴史の果てに現れたソフォクレスの精神的子孫と信じて疑っていないのだから、全体としてはわずか六行のくせに、第二連は話としては結構ややこしい。

■**評論『教養と無秩序』**

イギリスの地方性についての自虐を交えながらも、ソフォクレスの精神的子孫を自負するこのくだりに、アーノルドが後に評論『教養と無秩序』（*Culture and Anarchy*, 1869）で着手することになるギリシャ主義の一端、ヘレニズムとして広く知られ、やがてアーリア主義（ヨーロッパ人がインド北部に起源をもつインド＝ヨーロッパ語族であり、主要な文明は白色人種たる彼らによって形成されたという説）へと歪な発展を遂げることになる優生民族「思想」のごく微かな匂いを嗅ぎ取ることは、可能といえば可能だろう。[3]

しかし、アーノルドが『教養と無秩序』で最終的に出した結論とは、知的なギリシャ主義と、十九世紀当時にはそれに相反するものと思われていた宗教的なヘブライ主義との「調和」の中に、偏らない真の人間的完成があるというものだった。本人の言葉を借りてもう少し詳しく換言すれば、インド＝ヨーロッパ語族の「純粋な知識への科学的熱意（the scientific passion for pure knowledge）」と、彼らに劣ると考えられていた西アジア発祥のセム語族の「善を志向する道徳的熱意（the moral and social passion for doing good）」を兼ね備えることこそが「教養（culture）」だと、彼は説いたのである。[4]

『教養と無秩序』におけるこの大いなる中庸を踏まえたうえで、狭義のギリシャ主義としてのアーリア主義が二十世紀に残したナチズムという最大の禍根を知る後世の人間ならば、やはりあまり穿った物の見方をするものではない。少なくとも、「ドーヴァー海岸」の第二連に真っ先に認めるべきは、詩人のエリート意識などではないはずだ。

■中世への憧憬

ここではアーノルドという詩人の、骨太の歴史感覚だけ感じ取れれば、たぶんそれでいい。そして「ドーヴァー」という現代から「ソフォクレス」の古代へと、甘いハネムーンからいつしか時代を自由自在に行き来しはじめた詩人が、古代の後の当然の帰結として次は中世にその目を向け、ゆえに第三連の「信仰の海」という言葉が続くとわかれば、それ以上何も探ったり、勘繰ったりする必要などあるまい。

事実、「信仰の海」も「かつては満ち溢れ」、「地球の周りを」「幾重にも取り巻いていた」というのは、中世という宗教的な時代への言及以外の何物でもない。中世への一種ノスタルジックな憧憬は、アーノルドのみならず、本書ですでに扱ってきたロセッティやブラウニング、そして時の桂冠詩人だったアルフレッド・テニスン（Alfred Tennyson, 1809～92）らヴィクトリア時代の知識人たち共通のもの。すなわち、十九世紀における確固たる時代思潮のひとつだった。

中世は近代産業革命以前の時代であるのはもちろん、さらにさかのぼって十六世紀の宗教改革以前の時代でもある。つまり、急激に産業化した社会につきものの物質至上主義とも、カトリックから離脱し国家権力と一心同体の構造を得たがゆえに停滞と世俗化の道を突き進んだイングランド国教会の腐敗や、その偏狭なピューリタニズムとも無縁なのが、ヴィクトリアンから見た中世。真実のそれが如何なるものだったかは別にして、十九世紀現代に対する大いなるアンチテーゼ、失われた理想世界として機能していたのが「信仰の海」ひろがる中世だ。

■近代文明の帰結

したがって、十九世紀物質主義のイギリスを生きる詩人の目には、「信仰の海」は今や完全なる「引き潮」と映ってやまない。その「物憂く、長い」「轟音」は、物質ではなく精神の貧しさ、思想的退潮がもたらすものだ。事実、これを近代イギリス社会最大の問題として、先に挙げた『教養と無秩序』において鋭く指摘したのが後年のアーノルドなのであり、カネや財産の追求を究極の目的とする近代社会の「機械的性格（mechanical character）」換言すれば、「機械への信仰（Faith in machinery）」を露わにしている近代文明の低俗をこそ、彼は最も嫌悪した。(5)となれば、アーノルドの文明批評が詩という形を伴い、「ドーヴァー海岸」第三連に内包されていることはもはや明白。産業と経済の発展とともに人間社会はひたすら進歩してきたはずなのに、世界は皮肉にも「後退」している。詩人ははっきりそういっているのだから。

進歩のつもりが後退。本当に、こんなやりきれない皮肉はない。文明の高度化は加速するばかりで、経済が成長すればするほど人間は「機械への信仰」に頼りきって、どんどん精神的貧困に陥ってゆく。これがどこの誰の話かといえば、今のわたしたち。アーノルドはこの詩において、われら近・現代人を取り巻く社会、そのどうにもならない物質世界と精神世界の反比例の法則を憂いて、ほとんど絶望している。

■近・現代社会の絶望

だからこそ、第二連・第三連と、ずっと遠くばかり見つめてきた彼は突然、最終連となる第四連の出だしでこちらを振り向きざま、力強くいうのである。「ああ、愛する人よ、せめて互いに／誠実でいよう！」と。

正直、詩を読みなれた人間の目には、「ドーヴァー海岸」の構造には一種の破綻があると映る。現実・現在地としての「ドーヴァー」から始まり（第一連）、「ソフォクレス」の古代（第二連）、そして中世の「信仰の海」（第三連）へと、詩人の意識と想像力は詩行とともにどこまでも際限なく広がり、一体この先どうなってしまうのか、どうやって話を収めるつもりなのかと、途中でハラハラするほどだ。

今までそれなりに詩を読んできた経験からいうと、こういう場合は普通、最初に戻る。ありきたりの円環構造だが、冒頭のドーヴァーないし波のイメージに戻って詩をたたむのが、一番てっとり早くて間違いがない。

しかしアーノルドは、「目の前の世界は」一見素晴らしいが「本当は」「救いも」何もありはしないと、ひとしきり近代社会に絶望しきった後、最後の最後にきて全く新しいイメージを持ち出してくる。「われわれは」「夜に敵味方もわからず衝突しあう　無知な軍隊」のようなものだと。

この最後部が、古代ギリシャの歴史家トゥキディデス（Thucydides, c. 460～c. 400 BC）の『戦史』（*The History of the Peloponnesian War*）に依拠していることは、よく指摘される通りだ。[6] ペロポネソス戦争の記録である同書中には、アテネとシチリアとの戦いが夜間に行われたため、相当数の味方同士の相討ちが起こったとの記述がある（第七章四十四節）。ついでながら付け加えれば、『戦史』は著名な教育家であり歴史家であったアーノルドの父親によって英訳されてもいる（Thomas Arnold, *The History of the Peloponnesian War by Thucydides*, 1845）。

しかし、まさかそれが闇夜の相討ち、「無知な軍隊」のイメージでこの詩が終わる理由ではあるまい。最終行から伝わるのは、父親への畏怖などではなく、近・現代社会の本質的様相。何が本当に大切かもわからないまま、愚かに鎬（しのぎ）を削り合う「無知」な人びとの姿であり、わたしたち人間のいつの時代も変わらぬ無様な有り様だ。

つまり、アーノルドは詩の構造を一部犠牲にしてまでも、普遍性ある危機感と絶望感を示すことで本作に幕を下ろしている。よもや詩人にそこまで予測できたわけではないだろうが、二度の世界大戦をくぐり抜け、なお未曽有の困難に直面し続ける現代の人間にひとしく共通する感情があるとすれば、それは絶望なのだ。「終わりなき　悲しみの調べ」によく似た絶望感。「ソフォクレス」でもなく「信仰の海」でもなく、実はこの一点において本作はとてつもない普遍性を、すなわち現代性を有する。

■不信と不確実性に満ちた世界のなかで

しかし気づいてもらえるだろうか。もうひとつの普遍的テーマである「愛」によって、詩人がこの構造上の欠点を補い、さらに豊かな詩の完結を図っていることに。

振り返って、思い出してもらいたい。詩人の妻への、そして彼女を通したわたしたちへの呼びかけは、「互いに誠実でいよう」という第四連が初めてではない。第一連から「来てごらん」「聞いてごらん」と、彼はしきりに呼びかけ、誘ってくれていた。

夫としての詩人、恋人としての詩人は、最初から最後まで、第一連から第四連まで何ら変わってはいない。現在から過去を、そして過去を通して確かに未来を見据えながら、詩の始まりと終わりにおいて、彼は同じひとつの態度を、変わらぬスタンスを示し続けている。愛する人よ、傍にいてほしいと。不信と不確実性に満ちた世界のなかで、信じるに足る唯一のものは、もはや「互い」だけなのだと。

注

（1）Kenneth Allott, ed., *The Poems of Matthew Arnold*, Longman, 1965, p. 240.

（2）Lionel Trilling and Harold Bloom, eds., "Victorian Prose and Poetry" in Frank Kermode and John Hollander, eds., *The Oxford Anthology of English Literature*, Vol.2, Oxford University Press, 1973, p. 1380.

（3）ヴィクトリア時代のヘレニズム思想の如何については David DeLaura, *Hebrew and Hellene* in *Victorian England*, University of Texas Press, 1969 を参照。

（4）Matthew Arnold, *Culture and Anarchy*, Third edition, Smith, Elder & Co, 1882, p. 8; R. H. Super, ed., *The Complete Prose Works of Matthew Arnold*, The University of Michigan Press, 1966–77, Vol. V, p. 90.

（5）Arnold, *op.cit.*, pp. 14–15.

（6）Valentine Cunningham, ed., *The Victorians: An Anthology of Poetry and Poetics*, Blackwell, 2000, pp. 532–533.

おわりに

詞華集を編む、という行為はことのほか楽しく、そして難しい。どの詩を選んで、どのように配列するか――。およそアンソロジーというものは、編者の文学的志向性はもちろん偏向性をも露わにする。あまつさえ、本書のように恋愛詩限定で、しかも決して短いとはいえない解説付きとなれば、おのずと編著者自身の恋愛観や実体験までもが曝け出されることになる。いわば自分で自分を丸裸にしているようなものであって、これが痛くも痒くも恥ずかしくもないといったら、いくら何でも嘘になるだろう。

しかし、振り返ってみれば、そもそもの処女作からして『英国ロマン派女性詩選』(国文社)なるアンソロジーという身の上である。詞華集編纂という容易ならざる仕事を前に、今さら何をためらうこともない。本書『イギリス恋愛詞華集～この瞬間(とき)を永遠に～』のこのたびの上梓は、曲がりなりにもイギリスの詩を読み続けてきた者としての、ごくしぜんの成り行き。そしてそのことによって、眼前の現実をようやく認知し受容できるようになった元・文学少女の、当然の帰結であったようにも思う。

というのも、本書の第一章からあらかじめ念を押してきたように、この世に本当の意味での「永遠」や「絶対」は存在しない。むしろ第十五章の最後の最後で、あらためてまざまざと思い知らされたのは、世界はいつまでたっても不信と不確実性に満ちているということだ。

それでも、愛し愛されることで、人はほんの少し救われる。夢見がちな少女の頃をはるかに過ぎて、今なおそう信じて疑わないわたしは、おめでたくも昔から何も変わっていない。だからまたこうしてイギリスの詩を、それも恋愛詩集を飽きもせず編んでいるのだろう。

実際、昔と今のせめてもの違いがあるとすれば、同じ女性目線の詩だけでなく、主として男性目線で書かれた男性詩人の作品も愛読するようになったことくらい。その結果、本書が生まれたわけであって、これは女性詩ばかりを扱った前掲書といささかも重複するところのない、本書の非常に大きな特徴ともなっている……などといえばいかにも聞こえがいいが、要は己自身に正直になったまで。

たとえ時代に逆行してでも、恋愛という文学的主題および人間的営為を、もっぱら女性の側から単視眼的に捉えることを、いいかげん止めにしたかった。できることなら、より広い視野を得たかった。

しかし視野を広げようとすればするほど、今は皮肉にも、数々の名詩を生み出してきたイギリスという国そのものへの不安が増すばかりである。

本書校了間際の二〇一九年五月現在、イギリスはEUすなわちヨーロッパ連合からの離脱をめぐり、数年来の混乱状態からいまだ抜け出せずにいる。関税やアイルランドとの国境問題を主軸に離脱合意案の形成自体に四苦八苦しているのはもちろん、内閣が議案を提出しても議会から再三否決されてEU側との本格的協議にすら入れず、離脱延期を繰り返すという体たらく。かつて史上最大の版図を誇ったイギリスの大国としての栄光は、いよいよはるか遠くになりにけり……。事実、首都ロンドンでは、あれも駄目これも駄目と、法案を否決ばかりして何ら具体的打開策を見いだせない議会についに業を煮やした市民たちが、今世紀に入ってから最大となる百万人規模のデモを繰り広げたほどだ。

今後、離脱が本当に達成されるのか、はたまた事実上の反故にされるのかは、神のみぞ知るといったところだ。またどちらに転ぶにせよ、中央政府がかつてなく揺らぐこの機に乗じて、常に水面下でくすぶり続けてきたスコットランドの独立問題やアイルランド統一問題が再燃し表面化して、いつ寝た子を起こすような状況になるとも限らない。

が、こうした未曽有の政治的混乱期にあって、イギリスでは詩集の売り上げがかつてなく伸びている。有力紙『ガーディアン』（二〇一九年一月二十一日付）によれば、二〇一八年の同国内における詩集の売り上げは、過去最高となる総計約百三十万部。しかも購買層の多くはいわゆるミレニアル世代、すなわち下は十代から上は四十歳くらいまでの比較的若い層だというから、これは今後も十分に続く可能性のある現象といっていい。

しかし、この現象は、当然といえば当然のことなのだ。本書第十一章、フィリップ・ラーキンの「驚異の年」を扱ったくだりで述べたことを繰り返せば、「詩は意外にも、伝達に適している」。国内に拠点を持つ数多の海外企業の進退等を含め、ヨーロッパはおろか世界全体を巻き込んで、政治・経済の両面で迷走を続ける今日のイギリス。このように、いかなる予言者でも有識者でも先を見極めることがすこぶる困難な時代と社会にあって、人びとが求めているのは確かな手触りを持つ何か。すなわち理解と協調への道筋であり、その初めの一歩としての信じるに足る言葉だ。だとすれば、本当に信じるに足る言葉を発しているのは誰か。間違っても、そのときどきの都合で言葉を選びこねくりまわすような政治家や煽動家ではない。ならば、一体どこをどう見渡せば、不安で不確実な時代と社会を生き抜くに足る確かな言葉を見つけられるというのか。

――それは詩である。本書で紹介してきたとおり、ある意味、現実社会以上に複雑怪奇な人間心理をも簡潔かつ力強い言葉で照らし出す詩は、小説より評論より何より、実はその任に適している。本書最終章、十九世紀のイギリスに生きたアーノルドが、紀元前のソフォクレスが聞いたのと同じ「終わりなき悲しみの調べ」を今自分も聞いているのだと「ドーヴァー海岸」で謳ったように、わたしたちもこの詩を通して、時代と社会の不確実性は何も今に限ったことではないのだと、確かに理解することができる。これは人と人の生きる世界が等しく背負う宿業なのかもしれないと、誰にいわれずとも感知することができる。

再度繰り返すが、この世に本当の意味での永遠はない。けれど、詩を含む芸術が人間よりはるかに長い生命を誇り、不確かな時代と社会の共有という一種の悲しい永遠が人間世界にはびこってきたのは事実であって、それは今のところまだしばらくは続きそうだ。

だから「ドーヴァー海岸」で詩人アーノルドがそうしたように、「愛する人よ」と呼びかけずにはいられない。愛し愛されることをいつまでも、いくつになっても求めずにはいられない。

過去と現在を確かにつなぐ「終わりなき悲しみの調べ」という永遠があることに心のどこかで安堵しつつも、それに倦んで疲れて絶望しきってしまうその前に、わたしたちにはほんの少し救われる権利がある。幸せになる権利があるのだから。

＊　＊　＊　＊　＊

本書の刊行にあたり、株式会社研究社編集部の高橋麻古さんにはひとかたならぬお世話になった。時に言葉足らずで、時に言葉が過ぎる筆者にいつも辛抱強くおつき合いくださり、適切な助言をくださった上、最後まで一緒に伴走してくださったのである。おかげで何とか息切れすることなく、ぶじ校了の日を迎えることができた。

また同社編集部長の星野龍さんには、本書の企画段階から深い理解をお示しいただき、最初の読者となっていただいた。一章ずつ、ポツリポツリとしか書き下ろすことができず、時に筆の滞ることもあった筆者を常に暖かく見守り、励まし続けてくださったことは感謝の念に堪えない。ご一緒に仕事をさせていただくことは『英語青年』編集長であられた時代に知遇を得て以来の念願であったが、このたびそれが叶ったことを心底嬉しくありがたく思っている。

掉尾ながら、お二人に心からの謝意を捧げることで、本書の結びとさせていただきたい。

齊藤貴子

二〇一九年五月

齊藤貴子（さいとう たかこ）

上智大学大学院文学研究科講師。早稲田大学および同大学エクステンションセンター講師。早稲田大学大学院教育学研究科博士課程修了。専門は近代イギリス文学・文化で、主として詩と美術の相関を研究。著書に『ラファエル前派の世界』（東京書籍）、『21 世紀 イギリス文化を知る事典』（出口保夫、小林章夫と共編著、東京書籍）、『諷刺画で読む十八世紀イギリス～ホガースとその時代～』（小林章夫と共著、朝日選書）、『楽しいロンドンの美術館めぐり』（出口保夫と共著、講談社）、『肖像画で読み解くイギリス史』（PHP 新書）、『もう一度、人生がはじまる恋～愛と官能のイギリス文学～』（PHP 新書）。編訳書に『英国ロマン派女性詩選』（国文社）など。

イギリス恋愛詞華集 ～この瞬間を永遠に～

2019 年 6 月 30 日　初版発行

編著者　**齊藤貴子**

発行者　吉田尚志

発行所　株式会社 研究社

〒 102-8152 東京都千代田区富士見 2-11-3
電話　営業 (03)3288-7777(代)　編集 (03)3288-7711(代)
振替　00150-9-26710
http://www.kenkyusha.co.jp/

印刷所　研究社印刷株式会社

装丁　金子泰明

© Takako Saito 2019

ISBN 978-4-327-48167-4 C3098 Printed in Japan

定価はカバーに表示してあります。
万一落丁乱丁の場合はおとりかえ致します。